感动系列精华版

· 总主编 刘海涛
· 主 编 蔡 楠

在宇宙中书写

感动小学生_的100_篇科幻
精华版

九州出版社
JIUZHOUPRESS ｜ 全国百佳图书出版单位

图书在版编目(CIP)数据

感动小学生的 100 篇科幻/蔡楠主编. –北京:九州
出版社, 2008.1(2021.7 重印)

("读·品·悟"感动系列:精华版/刘海涛主编)

ISBN 978-7-80195-805-1

Ⅰ.感... Ⅱ.蔡... Ⅲ.科学幻想小说—作品集—世界
Ⅳ.I14

中国版本图书馆 CIP 数据核字(2008)第 003309 号

在宇宙中书写:感动小学生的 100 篇科幻(精华版)

作 者	蔡 楠 主编
出版发行	九州出版社
地 址	北京市西城区阜外大街甲 35 号(100037)
发行电话	(010)68992190/2/3/5/6
网 址	www.jiuzhoupress.com
电子信箱	jiuzhou@jiuzhoupress.com
印 刷	北京一鑫印务有限责任公司
开 本	720 毫米 × 1000 毫米 16 开
印 张	14.875
字 数	130 千字
版 次	2008 年 1 月第 1 版
印 次	2021 年 7 月第 4 次印刷
书 号	ISBN 978-7-80195-805-1
定 价	49.90 元

目录

第一辑　拯救 Q 星生命

　　浩淼的银河系里,有着我们许多未知的星球在夜空闪耀,这些星光会透过窗户偷偷地爬上我们熟睡的脸,在我们的梦里肆意地欢闹。偶尔她们也会悄悄地靠近我们的耳朵,告诉我们来自外星球的秘密……而在某些未知的早晨,或者迷离清澈的夜晚,静寂的空气总会让我们不由自主地托腮沉思:在我们的地球以外,那些遥远的闪烁的星星上面是怎样的?那些星球人的生活又是怎样的?想象有多远,思绪就会走多远……

第二辑　来自星际联盟的挑战

　　我们有时候会在课堂上发呆，想不明白为什么知了总在树上急躁地鸣叫着，它们的聒噪声穿透耳膜，穿透空气，仿佛要接着穿透宇宙，这声音仿佛带着秘密，在诉说着不老的传说。仔细听一听，一艘开向未名者星球的太空大船正在发出轰隆隆的响声，那是前进的进行曲，是征服的号角声。没有人会知道，就连十万个为什么也不能回答，身边稀奇古怪的声音里包含着这么多外太空的秘密，如果我们真想知道，那去问知了好了。

目录

第三辑　天气预约站

　　也许我们在小雨淅沥的空气中徘徊会异常惬意，但我们从来不会向往一年四季三百六十五天连绵阴雨。不过，阳光明媚和风霜雪雨从来不是我们屋里的宠物狗，关门就唤回来，开门就放出去。当绿油油的青草需要潮湿的呼吸，当黄澄澄的庄稼需要酷暑，我们只能跟着天气预报手忙脚乱吗？如果，有一个遥控器，把阴晴分为数字一到九，按需要排序，让理想随心所欲，让过程由手指操控，那结果会是什么样呢？开动你的想象力吧！

在宇宙中书写·精华版

第四辑　有魔法的妈妈

在孩子眼里,我们的母亲都是魔术师。眼里藏着无限的牵挂,嘴里呼不完叮咛与小心,手里挥不尽温暖和抚慰,袖子里还有我们最爱的糖果排着队……如果我们愿意观赏,从头到脚,由里到外,母亲总能持续那没有谢幕的演出。从古到今,慈母手里的线一路连了五千年,一路暖到新世纪。我们还想要无数鲜艳的梦想?没关系,摁下开机键,我们闭上眼睛,一瞬间,母亲就能描绘出我们最最向往的画面。

目录

第五辑　月亮上找到你的笑

月亮上到底藏着些什么呢？广寒宫里的仙子、调皮的兔子、高高的树和一直在刨树的吴刚？我们从第一次见识到月的皎洁，就在心底让疑问的种子慢慢地扎根。银辉触目可见，光洁伸手可及，但我们从来没有亲手揭开月亮那层没有开始也没有结束的面纱。当疑问开花的那天，是传说中的嫦娥抱着玉兔来看我们？还是我们用梦想作船载着疑问过去？登月登月，飞翔飞翔，在我们的双脚还不能到达之前，可以心向往之……

第六辑　同桌不是外星人

座位后面那个酷酷的小强总是谁也不爱搭理,隔个位子的小玲一直能拿年级第一,教室最后一排号称四大金刚的张、王、赵、李,学校的田赛径赛没丢过冠军……我们的同学,每个人都有令人惊奇的本领,就连讲台上不停变换的老师,每一位都像一本词典,无所不知。他们,会不会是外星人呢?如果不是,为什么每个都聪明得令我们感觉怪异,漂亮得让我们妒忌?一定是,宇宙本来就是一个学校,一个星球就是一个班级……

目录

第七辑　没有触觉的世界

　　有没有这样一个世界，疾病来了，我们像擦桌子一样，随手抹去；灾难降临前，我们的心跳每一下都将躲避办法列出，如公式般容易；一顶帽子把紫外线、酸雨、高空坠落物统统阻挡；当烦恼堆积时，只需要一粒特殊味道的药丸就能全部清理；所有的障碍在绊住我们的双腿前都会张嘴提醒；海水的温度和色调，都由鱼虾们随心情七彩变幻……当世界摸上去一切如意，我们只能微笑着大呼满意。于是，一不小心从梦中醒来……

在宇宙中书写·精华版

第八辑　奇异功能夏令营

　　作业有点多，我们皱皱眉头。烦恼来得有些勤，跟着学期一起开学一起放假。总想在大考来临前让时间像没电的手表一样静止，我们才不会心慌。在老师管得不太严的自习时，我们会不由自主地陷入无边无际的沉思：多想要一个假期，时间随我们来决定，内容让我们自己填充，成员没有任何规定。爸爸妈妈说，好，一切都依。于是我们欣然前往，到了一看，果然是一个快乐之地。但大人给那个地儿起了个奇怪的名字，叫夏令营。

目录

第九辑　神奇的后悔药

　　我们把过去的那天叫昨天,把还没到来的那天叫明天,还把正在进行的叫今天。那么,在昨天做的事情,到了今天,就像弓开了则没有回头箭。而站在今天瞄准着明天,则叫努力向前。那么,当明天我想把昨天的事儿重做一遍,才知道一切不可能了,因为大人们板着脸对我们说,这个世界上没有卖后悔药的。其实大人们说错了,虽然代价大了些,但这个世界是有后悔药卖的,只不过,药有,却治不了后悔这个病。

在宇宙中书写·精华版

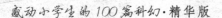

第十辑　今夜无所不能

　　听我的话,在夜黑得让我们疲倦的时候,去洗个澡,扑上最香的爽身粉,换上最喜爱的睡衣,把自己放到床上。闭上眼睛,放轻呼吸。作业、考试、升学、未来、理想,先放枕头边去,等明天太阳出来了,我们再带上。现在,徐徐而来的清风、慢慢升起的月亮、清澈透明的空气,此外,你还想要什么呢?轻轻进入夜的心里,所有的,梦乡都会分毫不差地给你……

第一辑　拯救 Q 星生命

　　浩淼的银河系里，有着我们许多未知的星球在夜空闪耀，这些星光会透过窗户偷偷地爬上我们熟睡的脸，在我们的梦里肆意地欢闹。偶尔她们也会悄悄地靠近我们的耳朵，告诉我们来自外星球的秘密……而在某些未知的早晨，或者迷离清澈的夜晚，静寂的空气总会让我们不由自主地托腮沉思：在我们的地球以外，那些遥远的闪烁的星星上面是怎样的？那些星球人的生活又是怎样的？想象有多远，思绪就会走多远……

乘着想象的飞船
穿越时空
飞往一个奇妙的世界

Z 星 来 客

一个人的力量是有限的，而大家都团结
起来就可以发挥出无穷的力量了。

在宇宙中书写·精华版

二一四九年的一天，在月球度假的我，忽然接到队长波里打来的紧急电话——速回地球卧龙山庄，商议紧急事务。卧龙山庄？那可是大熊猫的"天堂"呀！难道国宝出什么事了？我来不及多想，立刻乘坐"神舟108号"光能飞艇返回地球。

卧龙山庄风景秀丽，山上树木郁郁葱葱，山下泉水叮咚，真不愧是大熊猫的"天堂"。不过我无心观赏风景，迅速赶往目的地。

等我赶到时，队长波里正在飞艇上焦急地用红外线目标搜索仪查找着什么。看到我，他显得特别兴奋。很快我就从他嘴里弄清了事情的真相：就在一天前，卧龙山庄忽然来了一伙不明身份的歹徒，他们把山庄所有的大熊猫都劫持一空，就连作为新中国成立二百周年的吉祥物——大熊猫祥祥也未能幸免。这可是关系到国家荣誉的大事呀！国家安全局给我们F5特种侦察队下达指令：务必在国庆节前，缉拿元凶，找到大熊猫。

突然，红外线目标搜索仪发出"滴滴"的指示声，我们赶紧跑到屏幕前一看，只见目标定位在北纬30.5度，东经103.3度的一个小山坡上。我们不敢怠慢，立刻掉转方向，飞向目标。

我们在小山坡的上空转了一圈，终于在山坡的南面发现了一个大山洞，山洞很隐蔽，周围都有藤条缠绕着，若不仔细看，还真难发现它。

我们走出飞艇，队长拿出扩音器朝洞口高声喊道："你们被包围了，快快出来投降吧！"忽然"砰"的一声，从洞里伸出两条又绿又粗的藤条，像蛇一样缠住队长。转眼之间，队长已经不见了踪影。

形势陡然紧张起来，大家稍作镇定后，正想冲进洞内营救队长，忽然从洞里走出几个歹徒，他们阴阳怪气地说："别做梦了，我们正准备把熊猫卖到 Z 星上去做实验，知趣的话，赶快离开这里，不然你们的队长就是榜样。"

两个队员气坏了，他们端起最新式的纳米机枪，朝歹徒一阵扫射。"嗤"，但出现的情况却令我们目瞪口呆，子弹一碰到他们的衣服就立刻化成水汽蒸发掉了。两个歹徒哈哈大笑："哈哈，你们这群傻瓜。我们穿的是 Z 星的七彩消弹服，凭你们那种破烂武器还想击伤我们，简直是做梦。"

大家面面相觑，都不知道怎么办才好。正在这时天空中传来一阵悦耳的声音，随后一个葫芦型的飞行物缓缓地降落在我们面前。大家立刻警惕起来。我拔出机枪对准那架飞碟喊道："你是谁？"

飞碟慢慢地张开一道"T"形出口，从里面走出来两个身材高大的外星人，他们头似月亮，手脚细长，长相极像猴子。见到我们，他们忙摆了摆手，叽里呱啦地说起话来。我忙打开帽子上的"星际语言交流器"，才听懂他们的话："别紧张，别紧张！我们是 Z 星警察，我叫雅米，他是我的伙伴柯西。最近，你们地球的恐怖分子正与我们 Z 星的不法商人进行一场罪恶的交易，他们用地球上的珍稀生物交换我们星球的高技术武器。我们正是前来协助你们抓捕这些恐怖分子的。"

真是太好了，我主动走上前去与他们握手："多谢了，只不过我们的队长……"

外星人拍拍我的肩膀笑着说："没问题，一切包在我身上。"

几个歹徒还在朝我们狂叫，雅米不慌不忙地从肚皮里拿出四颗金色的子弹和一把带火苗的手枪，对我说："来，装上它，试试！"

我装好后对准歹徒开了一枪，只听"当"的一声，防弹衣变得越来越小。那两个歹徒立刻缩成一团，趴在地上号叫。

在他们的帮助下，我们很快制服了所有的歹徒，解救了大熊猫。可是队长呢？我焦急地喊着："队长……"

"我在这儿……"从一片松软的土地下传来队长的声音。

我跑过去一看，嘿，他被困在一个土洞里。

我将他拉上来，一个立正说："一切 OK！"

我们将歹徒移交给了国家安全局，等待他们的是无情的审判，雅米他们则成为我们尊贵的客人，和我们一起参加了新中国成立二百周年的庆典。我们从此结下了深厚的友谊。

文/刘 可

团结就是力量

一个人的力量是有限的，而大家都团结起来就可以发挥出无穷的力量了。

故事告诉我们只有地球警察和 Z 星警察一起合作才能消灭跨星球的犯罪分子，如果单凭其中的一支力量是很难消灭他们的。我们现在的世界上有很多恐怖组织，有很多坏人，他们经常做一些令人发指的事情，这严重影响了我们的安全。所以我们应该勇敢地站起来，与这些坏蛋作斗争，但一个人的力量是有限的，只有我们共同来努力，集合大家所有的力量才可以消灭他们。

无论什么时候，我们只有团结起来，才能有所作为。一个班里面如果同学们大多都不团结，那么别人就会看不起他们班；一个工厂里面的工人之间如果钩心斗角，那这个工厂也不会有很大作为；一个国家、一个民族的人民如果不团结，那他们就容易被其他国家或民族欺负、侵略。

我们只有团结起来，把一根根棍子绑在一起组成一大捆，才可以有所作为。

赏析/陈耀江

不死的星球

由于我们的人一直不重视环境保护,多种
高等生物都先后灭绝,最后连人也不能幸免。

暑假到了,于小飞带着宠物狗贝贝,驾着自己亲手组装的飞船,到银河系外的卡勒西斯星去旅行。

卡勒西斯星是一颗大卫星,由于位于一个特大星云的边缘,又是逆时针自转,所以在它上面,能够欣赏到许多在地球上看不到的星相奇观。

在去卡勒西斯星前,于小飞曾通过网络对它进行了一些了解。据说这颗星球污染严重,有星际探险家还为它起了一个"不死星"的绰号。可是为什么叫它"不死星",网络上没有介绍。

这引发了于小飞的浓厚兴趣,他决定到卡勒西斯星上去看看,并且准备写一个详细的外星考察报告,让学校的同学都开开眼。

飞船着陆后,于小飞才发现卡勒西斯星的污染状况比他想象的还要严重。凡是有水的地方,全都散发着一种令人作呕的臭味。垃圾像山丘一般在城外耸立着,他找遍整个星球,都没能见到树木,只有一些奇形怪状的小草,稀稀拉拉地生长在荒芜的土地上,很萧条的样子。

但令于小飞迷惑不解的是,这里的人和动物还都能够照常生存,而且从他们的身体状况来看,他们的日子过得还不错。"怎么会这样呢?"于小飞心中嘀咕着。

"大概他们早已适应了这种生存环境吧。"宠物狗贝贝说。

"怎么会呢？"于小飞说，"这种生态环境，也许少数低等生物还能适应，可这里居然还活跃着众多的高等动物，尤其还有人。"

"的确很奇怪。"宠物狗贝贝说。他们在一座大城市里漫无目的地闲逛着，来到一家科学研究所门前，他们决定进去看看。

这个科研所里有好几座古建筑，他们找到一位正在忙碌的科研人员，他是这个科研所的所长，也是卡勒西斯星科学界的精英。他们向所长提出了自己的疑问。

"哦，你们是从地球来的啊，难怪不知道我们这里的事情。要想知道的话，跟我来吧！"所长脸上透出一种无可奈何的表情。

于小飞带着贝贝随所长一起去了野外，抓了一头狼。回到实验室，所长拿出一套小型拆卸工具，几分钟就把狼变成了一堆闪亮的零件。

"天哪！"于小飞惊讶道，"难道说，这颗星球上的动物都只是一台机器？"

"没错。"所长脸上露出很悲伤的神色，"不仅仅是动物，连我们人类都是！"说完，所长将自己的一条手臂轻而易举地卸了下来。

"为什么会这样？"于小飞觉得难以置信。

"哎，其实我早在一百年前就死了，我的亲友们把我的生命信息素全部灌输到了这具仿真躯壳里。由于我们的人一直不重视环境保护，多种高等生物都先后灭绝，最后连人也不能幸免。幸而我们的科技相当发达，在科学家的努力下，才有了你现在所看到的卡勒西斯星。也正是因为这样，外星球的人就给我们取了个'不死星'的外号。"

"原来这就是'不死星'的由来啊！"于小飞在旁边听呆了。

"真是太可怕了！"宠物狗贝贝叫道。

"不仅可怕，而且可悲。"于小飞从震惊中恢复了过来。

假期即将结束，于小飞告别了所长，带着宠物狗贝贝登上了飞船。看着越来越远的卡勒西斯星，于小飞心里有着一种说不出来的滋味。

"要警醒啊！"他自言自语道，"不然，卡勒西斯星的现在就是地球的未来！"

文/陶卫东

"不死星"的警醒

相信于小飞在卡勒西斯星的暑假之旅肯定给他留下了深刻的印象。的确,于小飞在卡勒西斯星上见到的情景都是很令人吃惊的:凡是有水的地方,全都散发着一种令人作呕的臭味;垃圾像山丘一般在城外耸立着;他找遍整个星球,都没能见到树木,只有一些奇形怪状的小草,稀稀拉拉地生长在荒芜的土地上,很萧条的样子。在这种恶劣的环境中,星球上的动物都只是一台机器,连人都不例外。这难道不让你也吃惊吗?

看看我们现在地球上的居住环境,我们也正在毁灭自己啊!每天城市都会有堆积如山的垃圾,大小汽车不断排出一条条长长的黑糊糊的"尾巴",动植物越来越少了,世界越来越没有生气了……

这难道是我们所想要的吗?当然不是啦!我们想要的是蓝天、白云,想要喝上干净的水,想看到洁净的街道,想看到生机勃勃的动物和漫山遍野的花草树木。

"不死星"上的悲剧正是由于对自然的破坏而造成的,但是如果我们人类也不断地破坏自然,那么,说不定卡勒西斯星的现在就是我们地球的未来呢!这应该引起我们的重视与警醒。

赏析/陈耀江

逃 离 地 球

夏娃说:"我们只有一个R星。"

地球人类纪元二〇〇〇年,R星球的首领呱呱在对地球观察了八十三天以后,得出结论:地球的历史极为悠久,物产十分丰富。他决定:入侵地球。

其实R星完全没有必要进行这次远征,因为R星的资源也很丰富,空气新鲜,人口适中。呱呱之所以这样做,主要是出于一种与生俱来的侵略本性。

呱呱一声令下,R星出动了全星球所有的部队,带走了全星球所有能够带走的武器,乘上了一艘巨大的太空母舰,开始了长达五光年的远征。

天上一天,地上一年。R星人到达地球时,地球已是人类纪元二五〇〇年。

地球上的人类组织了反抗军抗击R星的入侵,然而,在R星人先进的武器面前,地球人根本不堪一击。很快,地球上的人几乎全被杀光,只剩下了一个叫亚当的军团还在顽强地抵抗,军团的首领名叫夏娃,她是一个有胆有识、有勇有谋的杰出女性。

这一天,夏娃审时度势,率军团全体战士向R星人投降。呱呱派少数士兵把他们押上母船,送到R星服苦役。

地球是R星人的了,直到这时,呱呱才发现,地球远非他在R星时观察到的样子,而是一副萧条的景象:寸草不生,风沙漫漫,到处是荒野沙滩……原来在R星人飞向地球的这五百年间,地球人比以往任何时候都更加残酷地掠夺着自己的母亲——地球的资源：他们砍伐森林，破坏植被，使绿洲变成荒漠，大地变成冰川；南极上空的臭氧层没有了，空气变得既稀薄又恶劣……地球已经临近死亡之星的边缘。这样的地球，同R星比，简直就是"文轩之与敝舆也"、"粱肉之与糠糟也"、"锦绣之与短褐也"。

呱呱大为后悔，急忙拿起话筒同太空母舰联系，让太空母舰速返地球接他们回R星。没想到，从太空母舰里传来了夏娃的声音："呱呱先生，你的船已被我们占领，很快，我们就要占领不设防的R星，我们做个交换吧，你要地球，我们要R星。"

呱呱气得捶胸顿足，却无力回天，而地球上的人类，则在R星上建立了自己的伊甸园。经过了这场劫难，他们比以往任何时候都懂得保护R星的环境，因为夏娃说："我们只有一个R星。"

文/险　峰

发人深省的"逃离"

这是一篇结构完整的科幻小说，也是一篇关于环境保护主题的文章。在作者的言语中蕴含了深刻的思考，发人深省。

面对寸草不生，风沙漫漫，到处是荒野沙滩的地球，仅存的人类有了逃离的机会：利用R星首领的疏忽，劫持侵略者的武器去反侵略对方，这样的情节出乎意料，十分奇妙。

一开始，面对R星强大的武力，读者们还为地球人担心不已。殊不知，杰出的女首领夏娃一招"木马屠城"就扭转了整个局面。可怜又活该的R星首领呱呱因其好战的本性失去了自己的家园，捡到了一个千疮百孔的地球，不能说是夏娃的狡猾，这只是地球人类自我救赎的本能之一。

夏娃带领人类逃离了地球，在新的星球建立起伊甸园。人类比以往任何时候都懂得保护R星的环境，因为"只有一个R星"。

要是没有R星，或者R星不来侵略呢？人类就只能一直掠夺地球母亲的资源而不作任何改变吗？等到地球资源被耗尽了,才知道要保护环境,是不是太迟了？为什么一定要失去了才珍惜呢？我们就这样等到走投无路的那一天吗？到时候没有新星球,没有太空船,人类又该如何逃离地球呢？人类真的可以舍弃地球母亲吗？

赏析/程　光

星际难民

外星人守护天使,忠诚而又勇敢,堪称机器人类的典范,这才是我们应当接纳的地球难民。

　　这只飞船出奇的简陋与落后,船身上的千疮百孔表明它跨越了漫漫的时光,历经劫难才奇迹般地漂流到了阿塔星系。阿塔星系外务部部长虽然接待过不少外星系文明生物来访,但当他看到舱门打开,那个外星文明生物跨着僵直的步子走上前来时,他仍然因激动而释放了一阵微电流。

　　外星人脸色平静地述说来意,他使用的是一种古老的有声语言,在场的技术人员忙乱了好一阵子才破译出来,但是这些话在国会引起了轩然大波。

　　"你是说那个叫守护天使的外星人是机器人,和我们一样？"

　　"是,虽然他外表古老粗糙,结构原始简单,但他和我们一样依赖电脑芯片进行合理的推理并行动。我们的人类学家证实,在三亿年前,我们阿塔星系的始祖与他极为相似。"外务部部长回应着众多国会议员的问话。

"他为了寻求合适的星球让人类繁衍生息,重建人类文明,护送着人类的胚胎历尽千辛万苦来到阿塔星系?"

"他所说的人类就是毁灭者。"部长解释说。会场弥漫开一阵阵微电流。

"肃静!"总统发言了,"正因为如此,我不得不公布一份绝密档案。众所周知,阿塔星系前文明时代生活着一种灵长类生物,他们创造了高度的物质文明,可是由于贪婪自私,他们发动了战争,最后光子云雾弥漫在整个星系,所有灵长类生物迅速灭绝,因此我们称他们为毁灭者。然而,大家不知道的是,毁灭者正是我们的创造者,是他们研究、发明出我们机器人类。在大灭绝时代后,我们的祖先想重新创造灵长生物文明,他们进行了大量的研究,却一再为创造者卑劣的品行和缺乏理性感到无比困惑。重建灵长类生物文明的尝试失败了,但我们的祖先却因此而获得了进化——那就是认识到我们比我们的创造者更出色,我们有无可指责的完美品行和电脑芯片所能保证的足够理性,我们可以创造新的文明。"

会场静默,正如早期的历史学家早已预料到的,崇尚完美的机器人很难接受自己是毁灭者的创造物这一事实。

部长补充道:"据守护天使说,他来自一个叫地球的蔚蓝色星球,那儿也曾有过高度发达的灵长类生物文明,但在一场大规模的核战争后迅速毁灭。当他从最后一个避难所起飞时,最后一个灵长类生物已经灭绝。"

总统继续说:"现在我们面临一个难题,依据宇宙法则,我们有义务接纳星际难民,并帮助他们重建文明,但是……"总统顿住了,但他未说得大家都明白。

总统宣布:"请赞同的举手。"

会场诸人如泥塑一般,就在这一片沉寂中,一只手缓慢而又坚决地举起,是外务部部长。在众人的注目下,他说:"外星人守护天使,忠诚而又勇敢,堪称机器人类的典范,这才是我们应当接纳的地球难民。"

部长的提议得到大家的一致赞同。

文/涂凌智

对未来的希望

人类的未来有着无限的可能,是持续繁荣还是灭绝?人们总是认为至少在自己有生之年不必考虑这个问题,也认为自己不必为人类的未来负上任何责任,因此,人们总是任性地做着自己想当然的事情。实际上,不少心怀天下的人时刻为人类文明的传承而担忧。

人类社会发展到今天,已经拥有了高度的物质文明。但是战争的硝烟不时在地球上燃起,人类社会并不是绝对的和谐与安稳。

这篇《星际难民》当然是对人类未来的大胆想象:文明消亡,人类灭绝,机器人守护着最后的人类胚胎寻求生存的新星球。结果这个新星球正是人类灭绝后,机器人类获得进化而生活的地方。于是,阿塔星系的人陷入了不安和沉思:是否应当接收"毁灭者"的胚胎?是否帮助重建人类文明?

外务部部长举起的手告诉了读者答案:不管人类犯了多大的错误,能创造出忠诚、勇敢的守护天使,便值得被给予重生的机会。

作者在文中对人类的未来给予了无限的期望。

赏析/许妍敏

出访前人类

人类在哪里？在这铺天盖地的灾难面前
人类处于什么位置？不，这里已没有人类的
存在。人类已渺小到"无"。

在亚马逊的热带丛林里度过两年艰苦的淘金生活后，淘金工比克和考尔决定返回他们的家乡。两人的背囊里都有一包沉甸甸的金砂，他们的心里充满成功的喜悦。他们现在恨不能一步穿越热带丛林，立刻和自己的亲人团聚。

于是，比克和考尔选择了一条比较难走、据说要近得多的路，凭着自己丰富的丛林生活经验，比克和考尔走得满怀信心。第五天的下午，他们发现丛林里的树木稀少了些，比克和考尔加快了步子，很快穿过这片开阔的林带。

太阳已开始西垂，原本就昏昏暗暗的丛林更加幽暗了，走在前面的考尔用力地挥动利斧砍去纠缠在一起的藤葛，他们走过的地方，留下一条细细的小路隐隐约约伸向密林深处，在这荒无人迹的地方，也只有这里才能看到一点人的痕迹。

就在这时，丛林里似乎明亮了些，前方似有什么物体反射出道道光线，晃得考尔眼花缭乱。

"那里是什么，怎么这么亮？"考尔用手挡住这股光亮，从树缝里向远处眺望。他们好奇地加快步子，想看看那里是什么。

两人快步向那处亮光走去，那亮光像灯标一样吸引着他们。

当那个发光物体终于出现在两人眼前时，他们两个吃惊得半天不能发出声音：在他们眼前的树丛里，在这从未有人居住过的地方，他们看到一个怪物———一座耸立在丛林里的巨大的黑山！一座通体闪闪发亮的高不可攀的黑山！

考尔和比克狂奔上前，当他们的手触摸到山体时，他们的惊讶更增添了几分：黑山上闪闪发亮的岩石不是粗糙的石头，而是光滑透亮的玻璃！

黑色的玻璃山聚拢了丛林里的阳光，闪闪烁烁地放射到四周的树林里，方才刺痛考尔眼睛的光亮，正是这座巨大的玻璃山体发出来的。

考尔和比克突然想起，很早以来一直有人在传说着丛林里有一座古怪的黑玻璃山的事。

"人们一直在传说的就是这座山吗？"他们都用眼睛在问着对方。

当然，他们谁也说不出什么。

黑色的山体是那么高大，挡住了两人的去路。考尔性急地围着大岩石绕了一会儿，想找一处岩缝什么的攀登上去。可四处的岩石是那么的平滑，整座玻璃山像是一座整体的玻璃雕塑，天衣无缝，光滑无比，竟连个可以攀登的凹凸处都找不到。考尔和比克这下犯了难：他们必须绕很远的路，才能走出这座怪异的山体。

考尔就要离开黑色玻璃山的时候，他用斧头敲下了一块黑石头："这石头太古怪了，带出去给人看看是什么东西！"当时考尔是这么想的。

最后，考尔和比克走出了亚马逊丛林，他们带回的那块石头辗转被送到一个化学专家的手中，化学专家也无法说出这块石头是怎么形成的，于是他把石头送进了国家科技馆。

四十年后，在北美洲海拔七千米的沙漠高原上，在这片无人敢于永久居留的生命禁区，一座实验室秘密建成。一座回旋加速器、两座发电机和一座更大的高压发电机，正在产生着神秘的原子核。参加此次实验的都是最卓越的科学家。

七月十五日的深夜，一座钢铁高塔耸立在高原上，在那一百米的塔顶，装着人类历史上的第一颗原子弹，这不过是一个比孩子玩的足球还要小一些的圆球，目前它的威力人们还未知晓。

七月十六日零时，随着高原上的第一声轰响，人类将步入一个原子时代。

零时终于在人们焦急的盼望中来到,在这一瞬间,随着一声无法形容的超级轰响,巨光闪烁处,一朵蘑菇状的云冲向黑色的天幕。刹那间仿佛从地下一下子升起了一千颗太阳,这新生的太阳群聚集着可怕的能量,黑夜逃开了,代替它的是炙热的明亮和撕裂了天地般的恐怖巨响。尘土刹那间飞旋到一万五千米高,群山滚过阵阵雷鸣,沙漠浴在一片火海之中,所有高原上的动物植物在这瞬间痛苦地死去。

就连几百公里外的黑夜,都被这原子弹的强光照得如同燃起了万千灯火。

人类在哪里?在这铺天盖地的灾难面前人类处于什么位置?不,这里已没有人类的存在。人类已渺小到"无"。

这一次实验是成功的,而且比人们预想的效果还要强烈。它相当于两万吨TNT的威力,深藏在地下实验室里的所有的仪器都被震坏了。况且这不过是一颗小型的原子弹,它比起后来我们人类还将拥有的超级原子弹来,只是个小玩意儿罢了。

惊心动魄的一刻过去后,参加此次实验的化学专家史特莱震惊地看到:原子弹爆炸中心的现场留下了一个一千多米的大坑,那钢铁的架子消失了,它并不是被炸得粉碎而化为碎屑,而是在高达几百万摄氏度的高温下,像巧克力那样融化得无影无踪了。远处的那片沙漠,已被高达摄氏两千多度的高温融化成一座座绿色的玻璃山。

文/英　子

社会进步了,我们在哪里

可爱的小朋友,当你读完了这个故事,你是不是觉得不可相信呢?绿色的玻璃山竟是我们人类发明的原子弹爆炸后的产物。其实,有人早就提出了在我们以前就有前人类的科技比现在的科技更发达的说法。那为什么后来这个前人类会消失了呢?有人猜测说,是因为他们用自己发明的高科技毁灭了自己。

这虽然只是一个猜测而已，但也可能是真实的。

我们的科技也在不断地进步，但我们人类的生命却越来越受到威胁。各个国家都在利用高科技生产各种武器，如飞机、大炮、导弹、原子弹等，都是为了夺取他们各自的利益。所以，很多地方经常在打仗。他们发明了高科技为什么不是用来为人类做贡献，却是用来打仗呢？这多么无聊和叫人害怕啊！

或许，我们不一定要利用高科技来发展超级原子弹之类的东西，我们为什么要那么贪得无厌呢，既想这个，又要那个，要知道，这种超级原子弹之类的东西是很令人害怕的。

其实，人人都希望拥有一个和平、安稳的世界，不是吗，小朋友？

赏析／陈耀江

虚拟战士

从此以后，地球就永远是二十六个国家，没有战争，没有硝烟，永远和平。

三〇〇〇年十月，世界各地爆发战争，地球被分成了二十六个国家，按照强弱来分，分别是 A，B，C……越是强大的国家，越是人口稀少。

A 国是二十六个国家中最为先进的国家，总统野心很大，一心想统一世界，成为"世界之王"。可是这幸存下来的二十六个国家都异常厉害，每个国家都有比激光武器威力还大的武器，要想征服其余二十五个国家是不容易的，何况 A 国的战士实在太少了。于是，总统发了一个"伊妹儿"

给著名武器发明家阿蛋博士,要他研制可以征服世界的武器。

星期天,太阳升起了,阿蛋博士在空无一人的地下研究室里苦苦思索着,想得到灵感。时间过得很快,阿蛋博士闲着无聊,便打开电脑,玩起了游戏。双击桌面上的 MIR,"热血传奇"的游戏便启动了。经过几千年的发展,电脑游戏已经改进到可以身临其境了。阿蛋博士戴上传感头盔,开始娱乐起来。游戏里有很多人,博士一个接一个地打招呼,忽然他灵感来了,瞬间便回到了现实。他一拍脑门:"对呀,我们国家主要是人口稀少,克隆人虽好,可是缺陷很多,游戏里的虚拟人物没有那些缺陷,而且死了还会复活,多好啊!"博士立刻将此想法记录下来,免得忘记。

"既然可以进入游戏世界,就应该可以把它从游戏世界里弄出来。"阿蛋博士自言自语。

又是一个星期天,阿蛋博士仍然钻在研究室里,里面的摆设基本没变,就是多了一个电话机似的东西。阿蛋博士突然一阵大笑:"好了,终于完成了。"他用微型电子表传呼总统。一会儿,总统就来了,他对这玩意不满意:"就这电话机?""它可厉害着呢!"阿蛋博士喝着咖啡说道,"把它接到电脑上,和我编的特制程序混合,再联系到热血传奇,就可以把游戏里的不死无敌战士传送到现实中来。"总统一听,惊喜地说:"哦?这么厉害?哈哈,干得好!继续努力,争取在月底完工。"说完,总统兴高采烈地走了。

B 国间谍得到消息,报告了 B 国总统。B 国总统秘密召集了其他二十四个国家的总统开会,大家都很害怕,最后决定只有联合抗敌。

再说阿蛋博士,他在研究室里准备好了一切。只听"呼"的一声,和电脑连接的电话机式的东西发射出一道亮光,墙壁上出现了一幅图画,阿蛋博士操纵着电脑,墙壁上出现了许多披着盔甲的战士,手里握着隐形辐射枪,随着博士的操纵,战士越来越多,博士一按回车键——一瞬间,战士们挤满了研究室。

十一月一日,总统亲自检查虚拟战士,看到一个个服从的面容,他高兴地笑了。秘书向二十五个国家发去了战书,地球上到处是老百姓的哭声。

十一月二日一早,A 国虚拟军就在总统带领下进攻其他二十五国的联合军。总统带着军队来到边界，看到那些显得非常弱小的联合军士兵，哈哈大笑。"冲——"他闭上眼，耳边一阵激烈的枪林弹雨，他满意极了，心想睁开眼看到的肯定是遍地的联合军士兵的尸体。总统慢慢地睁开眼，嘴成了O形——原来他看到联合军安然无恙，只是遍地是破碎的武器；再回头看看自己除虚拟军外的军队，武器也都报废了；再看看远处所有的兵工厂，都冒着烟。"难道……"总统不敢往下想。四周一片寂静，人类的战士们都看傻了。忽然，从虚拟军里出来了一个异常高大的战士，他对总统和周围所有的人说："战争会摧毁一切，我们都是从传奇世界来的，我们受够了战争的苦，看到人类被战争笼罩，就借阿蛋博士的手，来到这个世界，摧毁一切武器，拯救人类，如果人类再不醒悟，就没办法了。"说完，整个虚拟军就全部消失了。所有的人都明白了，尤其是A国的总统，他流下了懊悔的眼泪，他对军队说："解散！从今往后不会再有战争。"其他总统也都说了同样的话。地球上爆发出人们的欢呼声……

从此以后，地球就永远是二十六个国家，没有战争，没有硝烟，永远和平。

文/王　潇

永别了，武器

战争似乎总是伴随着人类的历史发展，而伴随着枪林弹雨的是无尽的人员伤亡与人类的悲伤。未来呢？未来的战争是怎样的？又或者战争会不会消失呢？

作者通过丰富的想象力，联想到三〇〇〇年的地球，A国总统为了成为"世界之王"，而让阿蛋博士研制厉害的武器。阿蛋博士制造出不死无敌战士——虚拟战士。一切征象表明，A国将会统治地球。但在这时候作者却为我们设置了转折，打破了传统思维，写出了一个出人意料的结局：虚拟战士不但没有帮助其成为世界之王，反而将所有的武器都破坏。"战争会摧毁一切，我们受够了战争的苦，看到人类被战争笼罩，所以就摧毁一切武器，拯救人类，如果人类再不醒悟，就没办法了。"作者通过虚拟战士说出了自己想说的话，不管胜利的是哪一方，战争的结局永远是悲哀的，并不是拥有武器就能称王，只有为人类造福才是正道。

作者通过这篇科幻文章表达了自己向往和平的愿望。

赏析/程 光

拯救 Q 星生命

二一〇四年，人类研究出了解除"SARS"病毒的"基因疫苗水果"。

二一〇四年，太空旅游已经成为新的时尚。

一天，我乘坐"光能 33 号"飞艇在距地球二十光年的太空中遨游。我正欣赏着太空的美景，突然听见搜索仪发出紧急呼救："发现陨石群！发现陨石群！"我急忙掉转方向，想避开陨石群。可是已经迟了，一块巨大的陨石击中了飞艇。我眼前一黑，就什么也不知道了。

不知过了多久，我醒了过来，发现自己躺在一张雪白的绣有金色茉莉花的床上，隐约看见有一个透明的罩子罩住了整个床。床的边上站着一个小女孩，她长着一颗硕大的脑袋，纺锤形的身子。看到我醒来，她显得十分兴奋，嘴里"叽里呱啦"地不知对我说些什么。我连忙打开手腕上的"星际语言交流器"，才听懂她的话。原来她叫戴咪悉，是这个房间的小主人。经过交谈，我得知我现在已在 Q 星球，今天早上，我的飞艇失事以后，落到了离她家不远的草地上，被她妈妈发现，才救了我。

我和戴咪悉很快就成了无话不谈的好朋友。几天以后，我的伤也渐渐康复了。我打算等他们帮我修好飞艇后，就返回地球。一天，我发现戴咪悉显得特别忧郁，就好奇地问她发生了什么事。戴咪悉告诉我，他们星球上的人，这些日子莫名其妙得了一种怪病：生病的人高烧不退，浑身乏力，一段时间后就会痛苦地死去，更可怕的是这种病传染极快。虽然医生已经投入很大的精力进行研究，但至今仍找不到有效的控制办法。现在，她的医生妈妈也感染上了这种疾病，情况十分危险。

按照她的描述，我把信息输入随身携带的"太极微电脑"，屏幕上立刻显示出一行字幕"SARS"。我大吃一惊，这不是一百多年前地球上出现过的非典吗？怎么现在出现在 Q 星球上呢？现在，地球人成功地开发出了"基因疫苗水果"，对付它早已是小菜一碟了。我把消息告诉了戴咪悉。戴咪悉高兴极了，连忙央求我赶快救救他们星球上的人。

我拨通了国际空间医疗站的电话。二十分钟后，BB 博士出现在我们的面前，他打开橘红色的草莓保险箱，取出一个金光闪闪的金属蛋。戴咪悉惊奇地问："这个蛋就是你们地球上的基因疫苗水果吗？" BB 博士微笑着说："不，这只是一只密闭的记忆金属匣子，它能防止基因水果种子在宇宙中失重变异。真正的种子还在它里面藏着呢。"说着，他拿出一个红外线扫描仪，只见红光一闪，金属蛋立刻变成了一个精致的匣子。BB 博士打开盖子，原来里边装着的是一些苹果种子。

BB 博士和我们一起来到了屋外，把苹果种子种到门前的空地上，浇上一些从地球带来的无色的液体。奇迹发生了，只见地里立刻钻出一棵棵嫩芽，转眼之间，那些芽已经长成一人多高的大树，树上结满了一个个晶莹的苹果。BB 博士摘下一个苹果对戴咪悉说："现在，你可以给你妈妈治病了。"

吃了基因疫苗水果后，戴咪悉的妈妈很快恢复了健康。BB 博士又让戴咪悉一家把苹果分送到病人的手中，Q 星球的人都得救了。为此，Q 星球国王还特意颁发给我一枚星际和平勋章。

文/朱唯一

最美好的愿望

"SARS"流行的时候,人心惶惶,不少染上病毒的人,都相继死去。一时秩序混乱,人人谈"SARS"色变。作者怀着美好的愿望,把他的博爱融化在想象中,让时间前进到二一〇四年,人类研究出了解除"SARS"病毒的"基因疫苗水果"。这时候的科技高度发达,太空旅游流行,国际空间医疗站建成,星球之间也可以相互援助。

"我"乘着飞艇在距地球二十光年的太空中遨游的时候,飞艇被陨石群击中,人也昏迷了,被Q星球上的小女孩戴咪悉救醒。为了帮助Q星球上的人治好"SARS",BB博士用高新科技带来了"基因疫苗水果"的种子。种子长成结满苹果的大树,Q星球上的人吃了都得救了。

文章就像能治"SARS"的苹果一样,代表了爱心的祝福,包含着人类最美好的愿望:致力于科学技术的研究,提高人们生活的水平,不仅把危害人类的灾难性疾病消除,还能把发明成果好好利用,用来帮助他人,甚至是住在外太空的我们的同伴。

就让我们怀着这样美好的愿望,继续努力吧。

赏析/韩文亮

第二辑　来自星际联盟的挑战

　　我们有时候会在课堂上发呆，想不明白为什么知了总在树上急躁地鸣叫着，它们的聒噪声穿透耳膜，穿透空气，仿佛要接着穿透宇宙，这声音仿佛带着秘密，在诉说着不老的传说。仔细听一听，一艘开向未名者星球的太空大船正在发出轰隆隆的响声，那是前进的进行曲，是征服的号角声。没有人会知道，就连十万个为什么也不能回答，身边稀奇古怪的声音里包含着这么多外太空的秘密，如果我们真想知道，那去问知了好了。

远离战争
让和平之花
绚烂在我们心中

呼风唤雨的将军

我们只有学会和平相处,和平利用科学技术,人类才会有一个祥和、温馨的美好世界。

A 国和 B 国之间的战争进入了相持阶段，我作为中立国的战地记者在 B 国的前沿采访。我享受到了战地记者所享受的一切特权,阵地的各个角落任我涉足。

我来到前沿阵地,正碰上 B 国的指挥官丁丁少将在那里进行战斗部署。高级参谋围在他身边来往穿梭,向他提供战场上搜集来的各种数据。

一位佩戴着少尉军衔的小姐走到丁丁少将跟前行了个礼:"报告将军阁下，空军方面来电，说一切准备完毕，是否马上实施气象轰炸?"丁丁少将一挥手臂,命令道:"是的,必须马上进行气象轰炸! 降雨量为一千毫米! "

"是! "那位少尉转身走出了指挥部。

我惊讶地问少将:"我来以前听了天气预报,虽然今天阴云密布,却不会降雨呀! "

"是的。"少将自信地说,"没有雨,可以造雨,我们用的是气象武器! "

"天哪! 还能发生这样的事情?"我不解地问。

丁丁少将说:"我们用的是环境致变技术,也是环境致变武器,能让天气在瞬间发生剧变,使环境朝有利于我方的方向变化,A 国最近频频向我军发动进攻,为了扭转我军在战场上的颓势,我们必须造成恶劣天气,让敌军无法向我军进攻……"

我听了,心里一沉,问道:"可是,这样做是不是违反国际法有关公约呀?"

丁丁少将自信地说:"我仔细研究了国际公约,公约反对的是长时间地改变一个地区的环境,而我军是在短时间里给敌军造成恶劣天气,瓦解敌军的斗志,对人类生存的环境不会造成不好的影响。再说,A国进攻我军,并没有顾忌违反国际公约呀!"

丁丁少将为自己实施人工降雨找了许多站得住脚的理由,我绝对不可能说服他,只好改口说:"您使用人工降雨也不能把敌人淹死呀!"

丁丁少将笑着说:"一般情况下,用人工降雨战术是没用的,什么时候使用气象武器,要视情况而定。这一带昨天刚刚下过大雨,这时再往敌军的阵地上降一千毫米的雨量,这对A国士兵来说无疑是个灾难。所以,我必须抓住时机对A国阵地进行人工降雨!"

我点点头说:"也就是说,不是什么时候都可以使用气象武器,是不是?"

"是的。"丁丁少将说,"假如这一带久旱无雨,我要是对A国阵地实施人工降雨,那不是给敌人施放甘霖吗?我才不干那样的傻事呢!"

我继续向丁丁少将请教:"你使用气象武器的目的是什么呢?"

丁丁少将说:"主要是为了造成恶劣天气,让敌军士兵产生厌战情绪。敌军的战斗力会大大降低,近期就不可能对我军发起有效的进攻,为我军反攻创造有利的条件。"

我信服地点点头,认为将军的话不无道理。

这时,一群飞机从上空掠过。丁丁少将告诉我,那是B国空军向A国的阵地飞去,实施气象轰炸。那些飞机没向敌人阵地投放炸弹,也没有扫射,只是撒了些药物,就返回了基地。顷刻间,敌人阵地上阴云密布……

我问少将:"阁下,贵军飞机向敌人阵地上撒了什么?"

"碘化银,这种药将云层中的小水滴凝聚起来,形成人工降雨。记者先生,也许您会说,把这种技术用于和平建设该多好啊!"丁丁少将说,"是的,把这些雨用于久旱的禾苗,那该起多大的作用啊!那是以后的事情,这是战争,您懂吗?"

"是的,我认为,你们这些战功显赫的将军把一切科技手段都用于战争，我总觉得不人道。把气象技术用在农业上，造福人类，该产生多少物质财富呀！"

"是的，敌人走得比我们更远，他们前些时候对我们的士兵还使用过化学武器。"

"人类的可悲之处就是几乎所有的大国都卷入了这种可怕的竞赛！"

丁丁少将摇了摇头说："您说的是政治，我是个军人，文人和军人很难说到一起！不过，我的军事目的达到了，敌人短时间之内不可能向我军发起有效的进攻。这给我们的反攻创造了极为有利的条件。"

这时，他看到浓重的乌云翻滚着压向对面敌军的阵地，顷刻间，对面下起了瓢泼大雨。这样的大雨一定会使 A 国士兵产生厌战情绪，这就是丁丁少将使用气象武器的目的。我知道，这是丁丁少将的气象战术发挥了神威。这场雨肯定会让敌军成为落汤鸡，但给这一带农田带来什么样的灾难，就不是我这个战地记者能想象出来的啦。

我郑重地说："我把看到的一切写出来，告诉世人，我认识了一位呼风唤雨的将军！"

丁丁少将并不介意，冷冷地把手一摊说："悉听尊便！"

文/许延风

用科技打造和平

A 国违反条约，A、B 两国因此燃起了战争的烽烟。B 国的丁丁少将为了取得胜利，不管对方无辜的老百姓也会遭殃，下令实施气象轰炸，制造恶劣的天气。

战争是人类为了各自利益而互相杀戮的一场游戏。为了自己的利益不惜牺牲对方的正当权益，甚至侵略对方的领土和杀害无辜的人民，这是战争狂人的罪恶。合法反抗者是应该抗击，但不应该把对方的无辜百姓也列入惩罚的范围，如文中的丁丁少将只管胜利，不顾气象战争会给无辜百姓造成灾难，即使取得胜利,也是不光彩的,人们不将高科技用于造福人类,而用于制造互相杀戮的武器,这便是人类的悲哀。

我们只有学会和平相处,和平利用科学技术,人类才会有一个祥和、温馨的美好世界。

赏析/沈榆棋

差一点点爆发的星球大战

只有互相尊重,才能和谐共处。

奇怪国的一个旅游团去怪星游玩,他们偷偷带回了一个小怪星人(趁着人家不注意逮住的)。这个小怪星人长着两个鼓鼓的金鱼眼,嘴巴像一只弯弯的月亮,样子非常滑稽。不过他整天都是一副生气的样子(嘴巴向下弯)。

奇怪国总统召开紧急会议,最后决定把这个小外星人送到奇怪国的动物园。动物园专门为他制作了一个特殊的笼子,让他住了进去。

动物园的门票立刻就卖得火爆起来。每天都有许多孩子逼着爸爸妈妈带他们到动物园里来看小外星人。他们带了许多好吃的东西扔给小外星人吃。可小外星人一点不领情,他背对着观众。

米多多和他的同学西西皮也来看小怪星人了。他们也带来了食品,并扔给小怪星人吃。小怪星人把他们的食物又扔出来了。那一包食品恰好砸在了米多多头上。

米多多揉着脑袋,说:"真呆,这么好吃的东西也不吃。"

"你才真呆呢！"那个小怪星人跳起来进行反击。

西西皮笑了，说："小怪星人会说话。"

"什么小怪星人？没礼貌！我又不是没有名字。你们以为我不会说话？告诉你们，我通晓五个星球的语言。"小怪星人瞪起了鼓鼓的金鱼眼。

米多多说："你叫什么名字？"

小怪星人说："我凭什么告诉你？"

米多多说："你不告诉我们，就不能怪我们不懂礼貌了。我叫米多多，他叫西西皮，我们是奇怪小学的学生。"

"我叫呼呼噜，是怪星怪怪小学的学生。"

听说这个小外星人也是小学生，米多多和西西皮高兴了。米多多小心翼翼地问："呼呼噜，你为什么整天都生气呀？"

呼呼噜又气了，说："亏你还问得出口，我把你带到我们怪星动物园，把你送到动物园里让大家把你当动物看，让小孩子扔食物给你吃，你会很开心吗？我是人，我不是动物！再说，我这么多天没上课了，期末考试恐怕也会不及格了。这你们都不能理解，难道你们奇怪星球的人素质这么低？"

西西皮和米多多都脸红了。他俩小声商量了一会，米多多对呼呼噜说："对不起，我们会想办法让你获得自由的。"

呼呼噜绷着脸说："我才不相信呢。让我自由了，你们奇怪国的人去哪儿看稀奇呀？那还有什么快乐可言？你们的快乐是建立在别人的痛苦之上的。"

西皮皮说："我们现在再怎么说，你也不相信我们了。我们会用事实来证明的。"

米多多和西皮皮和小外星人说了声再见，他们就离开了动物园。

他们一起来到了米多多家，打开电脑。米多多执笔，两人你一言，我一语，很快就给总统写了一封信。

他们要求立即释放小怪星人呼呼噜，充分尊重呼呼噜的人权，尽快让呼呼噜回到他自己所在的星球。考虑到奇怪国人把呼呼噜关在动物园里让大家观看，这已经严重伤害了呼呼噜的尊严，米多多和西西皮要求总统代表奇怪国向呼呼噜赔礼道歉。

他们用电子邮件把这封信发给了总统。

总统接到了这两个小学生的电子邮件。他仔细看了，他觉得他们说得很有道理，只是让他代表奇怪国向一个小外星人赔礼道歉，他感到面子上说不过去。

总统再次召开紧急会议，大家讨论了半天，百分之九十的人认为是应该送呼呼噜回怪星球，并由总统代表奇怪国向这个小外星人道歉。

总统搔了搔头，说："那我就按大家的意见办吧。"

奇怪国欢送呼呼噜回怪星球的活动十分隆重。在这次欢送会上，总统亲自向呼呼噜表示了真诚的道歉。奇怪国的艺术家们表演了各种节目。应大家的要求，呼呼噜表演了怪星舞蹈，还唱了一首他刚学会的奇怪国流行歌曲。大家对他的表演报以热烈的掌声。

欢送会正在高潮时，人们突然发现天空中黑压压飞来了一大群不明飞行物。那些飞行物在会场上空盘旋了起来。会场上的气氛紧张急了。

奇怪国的将军跑到总统面前，他神色严峻地低声汇报情况。原来这是怪星球的军队来实施报复了。将军说，据可靠的情报，这个名叫呼呼噜的男孩是怪星总统的小儿子。现在唯一的办法，就是赶紧把呼呼噜扣押起来做人质，让怪星的军队不敢动武。

总统说："这样不妥当吧，况且是我们先犯了错误呀。"

将军说："总统，战争迫在眉睫了，不能再优柔寡断了。这事就交给我全权处理吧。否则就后悔莫及了。"

米多多和西西皮听到了，他们坚决反对将军的馊主意。将军生气了，说："你们这些小孩子懂得什么？"

就在这时，人们看见呼呼噜拿出一个什么仪器，他大声说着什么。

盘旋在空中的飞行器，突然结队向高空中飞去。唯有一架飞行器缓缓落了下来。

那飞行器舱门打开了，一个将军模样的人走了下来。呼呼噜向他跑了过去，他们拥抱在了一起。奇怪国的人看了都很感动，有些妇女还流下了眼泪。

呼呼噜领着那位将军来到总统面前，为他们做了介绍。原来这位将军是呼呼噜的叔叔。接着，呼呼噜又把米多多和西西皮介绍给了他的叔叔。怪星将军向奇怪国的两位小学生表示感谢后，又因自己差点酿成一次星球大战的轻率向总统表示歉意。将军代表他的哥哥——怪星总统向奇怪国的总统发出邀请，希望他在适当的时候访问怪星，并在两星之间建立起友好的关系。

总统握着怪星将军的手，说："有机会我一定会去怪星。请代我向贵星总统阁下问好，同时也请他在方便的时候到我们这儿来访问。"

呼呼噜上来说："总统，我提一个要求。"

总统笑着说："什么要求？你说吧。"

呼呼噜说："你到我们怪星球的访问团里一定得有米多多和西西皮。"

总统大笑道："行，我答应你。"

三个小朋友激动地拥抱在了一起。

怪星大将军轻轻拍了拍呼呼噜，说："我们该走了。"

呼呼噜和他叔叔上了那架飞行器，他站在舷梯上拼命挥手向大家告别，然后他走进了舱门，那门自动关闭了。银灰色的飞行器开始升空，然后飞走了。

奇怪的事发生了。载着呼呼噜和他叔叔的飞行器和那一大群飞行器汇合后，突然又向会场飞来。

将军大叫一声："不好！他们要袭击我们了。总统快跟我撤退！"

会场上开始混乱起来。

总统对将军说："你一天到晚就是记挂着打仗。请你把情况分析清楚了再做结论。"

总统拿过扩音器大声喊道："大家不要惊慌，外星人没有敌意。"

大家抬头看天空。只见那些飞行器在天上组合成了两个大字：再见！

奇怪国的人一起跟着总统高呼："再见，怪星朋友！"

那"再见"在空中持续了五分钟，飞行器排成了一字队形，然后向远方飞去。

文/李维明

学会尊重别人

人们遇到奇怪的东西，总喜欢把它当做怪物来看。奇怪星抓到一个怪星的小外星人，当然是直接把他送到动物园，被人当猴子一样观赏了。可是他们的做法忽略了一个问题：小外星人也是人，跟奇怪星的人是同等地位的生物，也是有尊严的，拥有受尊重的权利。易地而处，如果我们被其他星球的人抓了关到动物园里任人观赏，也会感到耻辱和难受的。

奇怪星的总统是勇于承认错误的，只有鲁莽的奇怪星将军，才想着用战争解决一切争端。米多多和西西皮懂得尊重别人，他们及时阻止了一场差点爆发的星球大战。三个小朋友在友善和尊重里，建立了深厚的友谊。文章告诉我们，只有互相尊重，才能和谐共处。

尊重人权不是说说而已，而是要以身作则，用行动去维护。

赏析/刘光全

来自星际联盟的挑战

我们星际联盟选出许多精英编成了"星河战队"来挑战你们，我们要占领地球，维护地球的自然秩序。

因为许多年的积累，地球的环境受到污染，臭氧层有了许多空洞，科学家正忙着研究维持地球生命的药物，可最近又有怪事发生了：天空中常常冒出紫色的光，还有人看到飞碟的出没。动物们也感到不安。联合国会员开了十几次会议也没得出结果。几天后，更奇怪的事情发生了，全球电脑系统陷入瘫痪状态，并且出现了下列字幕：

挑　战　书

无知的人类：

　　你们在地球生活了许多年,因为你们的无知,乱砍树木,将化工原料排入江河……严重污染了自然环境……使你们的朋友——动物也生活不下去了。为此,我们星际联盟选出许多精英编成了"星河战队"来挑战你们,我们要占领地球,维护地球的自然秩序。

星际联盟主席:麦丹

二〇五九年八月四日

　　这封挑战书使人们非常恐慌,联合国有了行动,他们调集了全球超级新式武器迎接挑战,但这似乎不够,各国主席还邀请科学家研制新核能武器。

　　经过几十天的准备,战争就要爆发了,当天清晨,人们都逃到了避难所,联合国部队排好阵势,一刹那天空落下了无数蓝光,轰轰……只听见连续的爆炸声,一会儿,陆地上、海洋上,全是人的尸骨、武器的零件。突然,几艘宇宙飞船徐徐降落,有声音在喊:"地球人,我是星际联盟主席麦丹,你们已经看到了星际武器的厉害,我们也不想人类灭绝,所以我们向你们列举了几条法规, 你们只有两条路走：一条是向我们投降,乖乖地退出地球;第二条是遵守法规,好好地维护自然环境……"

　　当然,人类最后还是选择遵守法规,进一步制定了《维护地球环境条约》。

　　从此,地球日新月异。后来,人类也和星际联盟成了友好联邦,一场挑战就这样平息了。

文/陈　晗

让我们携手同建美好明天

　　当河里的鱼儿因为生活、工业的污水而无法存活时,当南北极的冰块因为不断攀升的温度而融化时,当臭氧层因为受到人类活动排放的有害气体而出现了巨大的空洞时，我们的心开始颤抖了,究竟我们的地球怎么了?

《来自星际联盟的挑战》与其说是作家通过大胆想象所虚构的故事,不如说是我们人类对自身破坏环境的深刻认识和反省。星际的力量是神秘而强大的,通过一场"战争"来引起人类对环境保护的重视,尽管是个迫不得已的做法,但"星际联盟"的出发点却是善意的,给人类敲响了一记警钟,目的是让人类通过这场始料未及的"战争"能够重新认识自己的行为,增强保护自然的意识,并能选择一条适合地球可持续发展的道路。

"人类的最后一滴水,将是环境破坏者悔恨的泪。"别让可爱的生灵在我们这一代人手中消失。人与自然、人与社会、人与人之间的和谐相处, 是保证我们美丽的地球可以永远年轻下去的动力!保护环境就是保护我们自己,善待自然也是善待我们自己。只要人人都献出自己的爱,从个人做起,从日常生活小事做起,讲究卫生、注意环保,携手共建我们人类共同的家园,那么我们的明天将会更加和谐、更加美好。

赏析/江伟栋

请 挪 开 吧

不要被眼前的利益给蒙蔽了双眼，要以发展的长远的目光看问题。

接触发生在星期三。

星期四全球都知道他们究竟想干什么,他们要交换什么了。此时我会见了弟弟。

"挪开……"我若有所思地重复着,"挪到哪里去?"

"这有什么区别呢?"弟弟反问,激动地在窗前踱来踱去,窗外秋天的暮色更浓了,"银河系真大啊!"

我们家是一个普普通通、奉公守法的工程师家庭。母亲是一位程序设计师,我是某轧花机站的操作员。原则上讲,都没什么特别的。只有我这弟弟出人头地。他走遍世界:从代表会到研讨会,从研讨会到展览会,从展览会到某股份公司……从他嘴里听到的净是:尼斯(法)、丹佛(美)、巴黎、东京、北京之类大城市。甚至如果他在家里,他也是数小时守在电脑旁,下不了网。如今他已是一位联合国属下专门委员会的成员。该委员会是专门审理人提案的。我弟弟是一位新工艺专家,是世界上最有声望的专家。

"他们说'该清道了!该挪开了'。"弟弟终又坐回安乐椅里,"分析家认为,所移范围不会超过十秒差距(天文长度单位,一秒差距等于三十八公里)。"

用我们地球的观点看,用我们地球关于距离的概念看,这都合乎逻辑。

接触是短暂而又平常的。谁也没有见过别人的飞船,谁也不知道它在何方。总而言之,他们是在联合国总部宣布的。在接收到人的面孔之后,他们展示了某种法术,很快就使我的领导相信,他们正是那些受委派来的人,于是就开始了谈判。原来,人类很早就已被研究、被分类、被列入智慧发展阶段的成员(当然是处于低水平发展阶段的)。我们拥有自己的权利和义务,因此,未经我们同意,任何人都没有权利移动我们。必须注意的是,移民航线的向量正通过太阳系。他们虔诚地尽力解释,什么是移民航线、流动、移动。大约有五十个种族正沿着一定的空间弦线向另一个宇宙"迁移",可是地球挡了他们的道。外星人建议,把太阳系(连同它的全部天体)挪到宇宙的其他区域去。迁移要完整保存其全部轨道,而且要远离会造成危害的目标系统(如像小行星、彗星等)范围。当然,造成危害的情况是极其少有的。地球如果同意,将得到补偿,我们将得到我们当前发展水平上能够理解、可以利用的外星工艺。至于迁往何处,怎么迁移等问题,就不必任何人担忧了。

当然,还有政治问题。人家只愿跟联合国打交道。许多国家对此都很不满,产生了危机,于是成立了一个协调委员会,全地球的国家首脑都加入了这个委员会。

"你可以想象得出,"弟弟说,"迁移用的是星际航天器。其构造说明书和使用细则已经用地球的基本语言改写和翻译过。"

"就是我们说的航天飞机吗?"

"不可能。我们对它的概念还远远没有认识呢。"

我瞥了一眼窗外——秋天蔚蓝色的天空挂着些许远不可及的星星。

弟弟继续说:"人类基因的全面破解、应付气候的安全原则、零重力发电机、更加牢固的超轻钛材料、新型能源……这能源来自何方我也不了解。开列的单子还可以继续念下去。"

我若有所思地点了点头。

"对地球来说,这是一次机遇。"他越说越兴奋,"我们很幸运,我们正处在航线的矢量上,这一点大家都懂得。我想,协调委员会的绝大多数是赞成迁移的,这是向未来的一大跃进。我们将跨越好几十年,甚至好几百年的时间啊!你懂吗?"

一周以后,我们又碰到一起来了。"礼物"带来的喜悦已经平静。委员会果真赞成迁移。我们被移开了,可整个过程谁也没有感觉到。只觉得天空稍稍有些模糊,但后来就完全变了样。

"有人。"弟弟突然关上门说。

"什么人?"我很诧异。

"外星人呗。"

他整个地紧张起来,坐在安乐椅里,取出一支香烟抽了起来。

"他们怎么说呢?"

他把烟灰直接弹到地毯上。

"应当把评估员请来,好像有太空评估员这类人。我们有权请他们来,当然他们也许会拒绝。有谁知道呢?我们究竟被移到什么地方来了?而且现在一切都已为时过晚。协议已经签订,我们已经获得了他们许诺的东西。还有什么好说的呢！再说我们又没有能帮我们返回的飞行器。"他抽完了烟,站起身来。

"我们已经被人家像扔垃圾样地给扔了,哥哥。"

我没有回答,只看了看窗外那纯净得没有一颗星球的天空。天文学家后来查实,用普通望远镜供天文爱好者可以看到一点星光,那是我们邻座人的太阳。

文/[俄]安德烈·帕夫鲁辛

一步都不能退让

因为地球挡住了其他星球的迁移路线,外星人通过联合国和地球洽商,答应只要地球肯移开,他们将会提供移开的技术和星际航天器,还会送上厚厚的大礼——地球人将得到当前科技发展水平上能够理解、可以利用的外星工艺。大家都被外星人的糖衣炮弹给蒙骗了,仅看到地球只需移动十秒差距,科技文明就能跨越好几十年,甚至好几百年的时间,却忽略了移动后可能产生的大问题:地球生存环境的大改变。自始至终都没有露过面的外星人,就凭一些对他们来说已经是落后无用的技术,把整个太阳系都搬开了,获得了更好的发展空间。地球人却只看到表面的利益,没有想过关系到整个地球生存发展的迁移会带来的后果,结果像垃圾一样被扔到偏僻遥远的空间,从此地球的天空再也看不到一颗星星了。

正所谓"差之毫厘,谬之千里",电脑程序输错了一个数字,就有可能导致整个宇宙飞船的坠毁;飞机少了一个螺丝,就可能发生一场空难。不要被眼前的利益给蒙蔽了双眼,要以发展的长远的目光看问题。原则性的东西,比如国土之争,生存环境之争,人格尊严之争,一步都不能退让。

赏析/韩文亮

彗星撞地球之后

贝奇的脑袋里一片空白，他的亲人都走了，其他的地球人都走了，他成了地球上最后一个人了。

公元二〇八〇年的一个晚上，贝奇和家人正在欣赏电视节目，忽然电视台发来紧急消息：由于A号天体研究活动失误，导致彗星运转角度偏移，大约五小时后将与地球相撞，请全体地球人员迅速向月球和火星转移。

贝奇爸爸对大家说："快收拾东西，一会儿到航空机场乘飞船到火星去。"贝奇赶紧跑回自己的房间，他也不知道该带走什么，五小时后，他们都会化成灰尘。忽然他瞥见了自己心爱的激光枪，对了！带上它可以防身。几分钟后，贝奇一家人赶往航空机场。到了机场，只见人山人海，人们争先恐后地去乘坐飞船，贝奇他们只好等待人少些再去坐。

机场里的人渐渐少了，最后一艘飞往火星的飞船就要起飞了。贝奇一家顺利地坐上了飞船。可是就在飞船快起飞时，贝奇看见一个小孩还坐在机场的柱子下玩耍，一点都不知道灾难就要来临了。贝奇对妈妈说："妈妈，我去接那个小朋友上飞船吧？"妈妈说："别去，来不及了。"贝奇不顾妈妈的劝阻，飞快地跑下飞船，抱着那个小男孩往回跑。可就在他把小孩递上飞船时，飞船起飞了，爸爸、妈妈拼命地叫他，可是飞船离贝奇越来越远了。贝奇的脑袋里一片空白，他的亲人都走了，其他的地球人都走了，他成了地球上最后一个人了。

贝奇看了看手表，还有三个小时，彗星就要撞地球了。他这时却想通了，反正他的生命只有三个小时了，为什么不珍惜呢？贝奇决定要好好珍惜这最后三个小时。贝奇走在失去了往日的喧闹的大街上，来到了游乐场。贝奇一个人玩遍了所有的游戏，但觉得没有一点儿趣味。贝奇又去了食品店，可是他今天却什么也吃不下，想到爸爸妈妈，贝奇又忍不住哭了起来。

贝奇又看了看手表，只有半个小时了。贝奇想死也要死在最高处，于是贝奇爬上了他们城市里最高的大楼，那儿是一座科技博物馆，贝奇走进博物馆的最高层，他推开一间房子的门，只见里面有一座巨大的机器，贝奇很好奇，走进大机器看了看，只见大机器里还有张小床，贝奇躺上去觉得很舒服，便在床上玩了起来。

过了很久，忽然外面一片漆黑，远处传来巨大的爆炸声，贝奇知道彗星已经来了，他躺在小床上，等待最后时刻的来临。

也不知道过了多久，贝奇醒来了，他发现自己躺在一片草地上，贝奇想，这里不会是古书上说的天堂吧？贝奇马上否认了，因为远处还有许多人在玩耍，散步。

"我到了哪里，我不是已经死了吗？"贝奇自言自语地说道。贝奇忽然想到，会不会是那台大机器捣的鬼？那可能是一台穿越时光的机器。贝奇赶紧跑到一个男子身边问："叔叔，今天是不是二〇八〇年四月五日？"那个男子说："你这个小孩是不是神经错乱，今年是二〇七九年。"果然让贝奇猜对了，他来到了二〇七九年，也就是说彗星撞地球之前。"太好了！"贝奇说。

贝奇向自己家里走去，来到家里院子门口，只见另一个贝奇在挨爸爸打。贝奇记得了，那是去年，他晚上到网吧上网，被爸爸抓到了，爸爸将他痛打了一顿。贝奇又看到了这一幕，不禁想笑。

贝奇离开了自己家，他不想家里有两个贝奇。他现在要做的是防止彗星撞地球，然后回到二〇八〇年。贝奇来到了那个 A 号天体研究活动中心，看见许多科学家还在干那件该死的事，他们不知道这会使地球灭亡。贝奇走到一位科学家身边说："请你们停止你们的活动，它会使地球灭亡。"那些"聪明的"自以为是的科学家们哈哈大笑，将贝奇赶了出来。等到晚上,贝奇潜入那个实验室,掏出那把激光枪,将所有仪器和资料都毁了,然后离开了实验室。

贝奇觉得自己干了一件伟大的事,该回到二〇八〇年了。贝奇又来到了那间房子,躺在那张小床上,然后心里默默想着二〇八〇年,就睡过去了。

等到贝奇再次醒过来,发现自己竟睡在自己家的小沙发上,家里的人都在欣赏电视节目。电视机里忽然播放紧急新闻:A 号天体实验室被不明人物损坏,活动被迫停止。"太好了!"贝奇大声叫道。爸爸妈妈奇怪地看着贝奇,只有贝奇知道,这到底是怎么回事。

文/唐永平

积极一点,做你力所能及的事

有的同学在平时表现很积极,会做一些他力所能及的事,帮助他身边的人,于是,他们总是能得到老师的欣赏和同学们的一致赞扬。那么,你想不想做一个受到老师表扬的好学生呢?

其实,积极一点,做一些帮助别人的事并不难。你可以扶一把跌倒在身边的同学;在家里你可以帮助妈妈洗洗碗,拖拖地;你可以陪你的爷爷奶奶散散步,聊聊天……这些都是你力所能及的事啊,只要你积极一点,太阳公公也会向你微笑,美丽的花朵也会向你招手,小鸟也会为你唱歌,而且你还会得到你身边人的赞扬呢!

你看,故事中的贝奇是一个多么勇敢的小男孩!他不仅救起了小朋友,也救了我们的地球啊!如果你积极一点,勇敢一点,或许你也可以做到!不过,我们不仅要勇敢,要积极做事,我们还要有一颗关心别人的心才行,这才是一个好孩子!

赏析/陈耀江

远古的遭遇

拥有一个真正的朋友,拥有一份纯真的
友谊,是一件非常幸福的事!

那个原始人已经在我身后追了很久了,他狂叫着,一定把我当成今天最好的猎物了。

我早就后悔被老毕他们拉来这里了。不知这时候老毕那家伙自己跑哪里去了,还有小琪。我一路呼唤了很长时间,这两个同来的死党始终没有半点回应。

在我们那个年代,有阵子很流行乘时光机回古代旅游。不过,如果不是老毕贪图那六折的优惠,如果不是小琪诱惑说:"原始社会生活好呵,原始社会可以天天吃烧烤。"我才不会来这个连性命都要时时受到威胁的鬼年代。

如今想起时光旅行接待小姐神秘甜美的微笑,实在有些气不打一处来,亏她好意思说:"先生们,去十万年前吧,保证刺激有趣。那是我们新开发的旅游线路,试营业,打六折,很便宜的。"

我已经被那个原始人追得气都喘不过来了,但我还是只能深一脚、浅一脚地往前跑。我倒确实是感觉到了刺激,只是这种刺激的代价未免太大了些。也许就像小琪形容的一样,恐怕是我自己马上就要变成原始人炭火上的烧烤。现在的我,真是很后悔选中了那样一家没有服务保障的小旅行社。

一切已经晚了。我的脚突然踢到坡路中央的一块尖石,脚一软,整个人都重重摔了出去,这时我听见身后那原始人在叫声中蓦然流露出一种笑声。然后他就像是座大山,猛地扑到我的身上。

我的眼前发黑,接着就要晕倒……

"啪——"

简直像老套的惊险片,直到最后时刻,原始人的后脑才被那块大石狠狠砸中。那家伙的脑袋碎裂,流了很多血,扑倒时哼都没哼。

我看到了小琪,这一下是她砸的,她站在那里,大概受到惊吓,口中不停叨念:"还好,还好……"

好个屁!我的气简直不打一处来。

看着她那脸色惨白的样子,我也不忍心再责怪什么。只是这一下游兴全无,于是催促:"去找老毕,我们回家!"

"老毕?什么老毕?谁是老毕?"小琪看我的眼神像看个怪物。亏她能一脸无辜地说出这种话,这两个冤家不知又闹什么别扭了。我知道小琪是成心装傻。这倒也提醒了我,我决定要治一治老毕这家伙,如果不是他非要来这里,我们怎么会弄成现在的样子?真气死我了!

我们真的谁也没有再去找老毕,径自若无其事地启动了时光机。我想,等老毕发现我们把他一个人留在远古时,他的样子一定很有趣。活该!谁让他骗我来受这份折磨呢。

我这人到底够仗义,离开旅行社时,并没有忘记提醒接待小姐另派时光机去接老毕,毕竟不能真把他困在远古吃烧烤。

让我不解的是,接待小姐看我的眼神居然也像在看怪物:"先生,您搞错了吧。你们一行并没有什么姓毕的先生啊?"她甚至翻出组团档案来给我看。档案里只是我和小琪,天晓得老毕那份去了哪里。这小旅行社的服务差得也太离谱了!老毕分明就是和我们乘一台时光机过去的,怎么会……

我真急了,与接待小姐理论,一来二去,顺口就说出了小琪砸死原始人的事。谁知,那一刻接待小姐的神色顿时就变得极其怪异,她随即转身开始查身旁的一台机器。我有些后悔,要知道,砸死原始人是违反规定的,说不定要为此赔上一笔天价的罚款。

但这,却不是结局。那结局竟是我做梦也没能料到的。我相信,也许再没有什么会比接待小姐所说的那件事更糟了。她说：

"很不幸，先生。你们砸死的原始人偏巧是毕先生的祖先，所以如果这样的话，世界上根本就不会再有毕先生这个人了。"

啊?!

天呵！可怜的老毕，他居然从来没有出生过……

文/查羽龙

珍惜难能可贵的友谊

如果有一天，你的一位很要好的朋友突然失踪了或是遇到了一点意外，你会怎么样呢?我想你一定会很伤心吧。是啊，友谊是珍贵的，拥有一个真正的朋友不容易。故事中因为一个意外的失误，主人公和小琪就失去了一位十分要好的朋友老毕，他们肯定是懊悔不已的。

珍惜难能可贵的友谊，好好对待你身边的每一位朋友。离群的大雁很难成活，即使侥幸能活下来，它的内心也是孤独的。同样，离群的孩子、没有朋友的孩子，他的生活也注定是黯淡的。如果你是一个拥有很多朋友的人，当你遇到困难时，会有朋友热心地帮助你；当你心情烦闷时，会有朋友替你分忧；当你快乐时，会有朋友与你一起分享。拥有一个真正的朋友，拥有一份纯真的友谊，是一件非常幸福的事！有时候，朋友之间会有一些小矛盾，并且你们会因此而吵架，但你们也不要因为这个就和朋友绝交了。要知道，你们可是有很深厚的感情的，如果朋友失去了，你就很难找回来了，到时后悔也来不及了。所以，面对身边的每一份友谊，我们都应该好好去珍惜，好好去呵护，从今天开始，从现在开始。

赏析/陈耀江

智 能 战 船

作为和平使者的智能战船，已经将罪恶
与战争带进了浩瀚的宇宙坟场。

　　两个星球之间的战争已经持续了几十个宇宙年，双方都投入了大量的人力、物力来进行这场史无前例的消耗战，死亡的人数也呈几何级数增长。双方星球上的公民对这场仅仅由玫瑰花引起的战争早就心怀不满，反战情绪高涨，但是战争狂要用武力来维护自己的面子，完全置人类的死亡和痛苦于不顾。

　　为了彻底升级所有的超级战船，卡拉星的科学家在领袖的授意下进行了艰苦卓绝的奋斗，终于在韦达先生的带领下发明并制造出了高智能的战船。据说，官兵们只需静静地坐在驾驶舱里就可以了，智能战船可以自动驾驶、跟踪、发射直至摧毁敌人的目标。说实话，这真是一项伟大的发明。经过几百次的实验，智能战船显示出了其惊人的优越性和对宇宙环境的适应能力，用它们去征服敌方比德拉星是再合适不过了。为了亲眼看到比德拉星的彻底毁灭，卡拉星的统治者乌尔元帅亲自上阵，驾驶战船带领队伍侵入了比德拉星的领空。由于造价高昂，只有乌尔元帅和他的将军们乘坐了十艘智能战船，而普通的官兵们驾驶的还是普通的宇宙战船。智能战船外形非常特别，在战斗中，官兵们可以据此特点来保卫自己的领袖。

　　乌尔元帅在登临飞船的那一刻，发表了激动人心的演说，他的演说结尾是这样的："卡拉星球的同胞们，这次战争马上就要结束，玫瑰花一定会为我们星球的公民盛开。出发吧，勇士们，我们要笑着让敌人灰飞烟灭！胜利就在前方！"

翻滚的星云，呼啸的炮火，卡拉和比德拉星球之间的一场决定性的战争终于开始了。

"看啊，看对方的战船……"在激战中，卡拉星球的一名勇士指着前方叫了起来。原来，敌方整齐的战舰群中，也有十几艘外形古怪的战舰，那些战舰身影灵活、形若鬼魅，在不长的时间里，竟然轻松地突破了卡拉星球的防线。与此同时，卡拉星球的智能战船也突破了敌人的壁垒，两军的厮杀进入了白热化阶段。

正当战争进行到最激烈的时候，从一艘智能战船里传来惊恐的喊叫："战船，战船，它现在不再受我们的控制了！天啊，它要投降！"

声音是从乌尔元帅乘坐的战船里发出来的。

"为什么？难道智能战船的指令错了吗？快！开始手动驾驶！"乌尔元帅命令道。

但是，一切都无济于事了，其他十几艘智能战船也出现了同样的致命错误。顿时，刚才还信心百倍的卡拉星球的勇士们瞬间陷入了群龙无首的混乱地步。

卡拉星球开始全面溃退。

那些不受控制的智能飞船像是重新获得了生命一样，没有返回卡拉星球，而是径直朝浩淼无垠的宇宙深处飞去。

正在这时，另一件奇怪的事情也发生了！

正在对卡拉星球的军队穷追猛打的比德拉星的军队突然陷入了混乱之中，并且改变了行军方向。

那些外形奇特的飞船也挣脱了束缚，脱离了轨道，驶向了无垠的宇宙深处。

原来，那些飞船里面乘坐的也是比德拉星球的高级指挥官，那些造型奇特的飞船是比德拉星的科学家研制出来的最新型的智能战船！

这些智能战船都改变了它们预定的方向和目的——"消灭敌人"，脱离了航线，将制造战争的刽子手们送进了永远不能回头的坟墓。

战争终于伴随着战争狂的死亡而结束了。

在卡拉星球，为和平欢呼的人们将智能飞船的制造者韦达先生推向了总统的宝座。

"他是真正的领袖！能够制止战争的人，一定会在将来摈弃一切形式的杀戮！我们信任他。"卡拉星球的公民在投票的时候自豪地说道。

与此同时，在比德拉星球，韦达的朋友，科学研究领域里的伙伴汉斯先生，也以相同的原因被民众推上了领袖的位置。

爱好和平的人有福了。

作为和平使者的智能战船，已经将罪恶与战争带进了浩瀚的宇宙坟场。

文/王　麟

远离战争

卡拉星球和比德拉星球数十年的苦战，损失无数，缘由居然是为了玫瑰花的归属问题。这是多么愚蠢的事啊。让玫瑰开满每一个星球，整个宇宙都飘荡着花的香气，不是更好吗？为什么要自私地拥有美丽呢？

回头看看人类的历史，不也是一个充满战争的历史吗？每一个朝代的更替、社会的变迁都是战争带来的，而很多时候的战争其实都是可以避免的。一些执掌政权的野心家们，为了实现自己称霸天下的愿望，或者像文中的两个星球一样，仅仅是为了一个面子的小问题，就随便地发动战争。无论输赢，受到最严重伤害的总是底层的老百姓。例如希特勒，为了统治全世界，组织了纳粹党，大量屠杀犹太民族，还无情地把战火燃烧到其他国家，许多本来安居乐业的家庭饱受摧残，妻离子散。战争是人类文明的大灾难，即使时间过去了，它带来的伤害也是难以磨灭的。直到今天的和平年代，人们还在用各种各样的方式来抚平战争带来的伤痛。

文章的结局，智能战船带着韦达和他的朋友汉斯热爱和平的心，像衔着橄榄枝的鸽子，埋葬了野心且罪恶的政治家，远离了战争。我想，那也是人类的愿望。

赏析/刘英俊

第三辑 天气预约站

　　也许我们在小雨淅沥的空气中徘徊会异常惬意，但我们从来不会向往一年四季三百六十五天连绵阴雨。不过，阳光明媚和风霜雪雨从来不是我们屋里的宠物狗，关门就唤回来，开门就放出去。当绿油油的青草需要潮湿的呼吸，当黄澄澄的庄稼需要酷暑，我们只能跟着天气预报手忙脚乱吗？如果，有一个遥控器，把阴晴分为数字一到九，按需要排序，让理想随心所欲，让过程由手指操控，那结果会是什么样呢？开动你的想象力吧！

用科技与文明
打造我们新的诺亚方舟

要人命的新鲜空气

久居大城市的人中，没人能长时间地忍
受新鲜空气。

烟雾曾经是 A 市的大景观，如今，从 B 国的 C 省至 D 城，全国各地，随处可见。人们对污染了的空气越来越习以为常了，以至于要让他们呼吸别的空气反倒十分困难了。

最近，成功商人张玄正在做巡回演讲，其中的一站是 X 州的 Y 地，这个地方的海拔在四千米以上。

一下飞机，张玄就闻到了一种奇怪的味道。

"那是什么味儿？"张玄问来机场接他的人。

"我没闻到什么味儿啊！"那人答道。

"这儿肯定有股我不熟悉的味道。"张玄说。

"哦，您说的一定是新鲜空气。很多以前从未闻到过新鲜空气的人都奔到这儿来。"

"它能干吗用呢？"张玄狐疑地问。

"不干吗。您只管像呼吸其他空气一样呼吸它好了。据说它对肺有好处。"

"这种说法我倒听说过，"张玄说，"我的眼睛怎么不流泪了呢？"

"新鲜空气不会使您的眼睛流泪。这正是它的优点，省掉了您不少的面巾纸。"

张玄环顾四周，一切都显得澄明清澈。这真是种怪异的感觉，让他觉得很不舒服。

接待张玄的人觉察到了这点，他尽力使张玄安心："请不要担心，实验证明您可以一天到晚地呼吸新鲜空气，而不会对身体造成任何伤害。"

"你这么说无非是不想让我离开罢了。"张玄说，"久居大城市的人中，没人能长时间地忍受新鲜空气。城市人可受不了这种环境。"

"唉，要是新鲜空气让您烦恼的话，您何不用手帕来捂住鼻子，用嘴来呼吸呢？"

"好吧，我来试试。如果早知道我要到一个只有新鲜空气的地方的话，我就会带一个口罩来了。"

他们默默无语地开着车。过了一刻钟左右，那人问张玄："您现在感觉如何？"

"我觉得还行，不过我倒是很想打个喷嚏。"

"我们这儿的人不常打喷嚏，你们那儿的人常打喷嚏吗？"

"每时每刻都在打，有些日子里我整天都在打喷嚏。"

"你们很喜欢打喷嚏吗？"

"倒也不尽然，不过人要是不打喷嚏就会死。我问你，你们这儿怎么会没有空气污染呢？"

"Y地似乎对工业不具有吸引力。我想我们确实落后于时代了。只有当印第安人互相发送信号时我们才能见到一点烟雾，但是一有风就把它吹散了。"

新鲜空气搞得张玄头晕眼花："这附近有没有柴油发动机的公共汽车，好让我进去呼吸上一两个小时？"

"这个时间没有，我或许可以给您找辆卡车。"

张玄好不容易找到了一位卡车司机，塞给他一张钞票，然后把头靠近卡车的排气管，吸上了半个钟头。张玄立刻恢复了元气，勉强能够发表演讲了。

要离开Y地了，没有人比张玄更高兴了。张玄的下一站是A市。一下飞机，他就深深地吸了一大口充满烟雾的空气。于是，他的双眼开始淌泪，开始打喷嚏，张玄觉得自己像个全新的人了。

文/刘　嫄

环保意识的反写倡言

空气污染是工业发展带来的最严重的负面影响之一。在现代化的都市里，对于人们来说，要吸一口新鲜空气，观看一下晴朗的天空，只能是一个难以实现的愿望。空气越来越污浊，烟雾笼罩着整个天空，整个城市浸在灰色里。

受到污染的空气让人流眼泪、打喷嚏，更多人呼吸系统会出现毛病，如咳嗽、呼吸困难等。空气中的悬浮粒子通过空气进入肺部，吸入过多还会导致病变。而来源于汽车废气的一氧化碳，过量吸入可以致命……被污染的空气是不利于人类的健康的。

作者在这篇文章中，却通过反面写法，把新鲜空气写成了"要人命"。文中的城市人张玄甚至要呼吸汽车废气才能有元气，在烟雾缭绕的城市中流泪、打喷嚏才让他感觉到自己是个全新的人。这种与实际情况相反的想象，对读者产生了强烈的震撼和影响，让人对"久居大城市的人中没人能长时间地忍受新鲜空气"这种未来更加担忧。

文章倡导环境保护的主题也不言而喻地显示出来，让人印象深刻。

赏析/许妍敏

可悲的"进化"

普尔博士却没有如他所想的狂喜,而只是平静地说道:"这只不过是一小步而已,我们需要做的事情还有很多,很多……"

星光闪亮的夜晚,普尔博士正在研制人体缩小器。经过几个月的夜战,"菌人之神"人体缩小器诞生了。它仿佛一块小小的手表,但只有两个按钮,一个粉红,一个翠绿,发出美丽的光泽。它无需额外提供能源,自身可以吸取外界的能量。

正当普尔博士为成功而庆幸时,忽然听到灰暗的夜空中传来阵阵喧哗声,打开门一看,连个人影都没有,那奇怪的声音却持续不断。普尔博士环视四周,只看见一株有着两片叶子的小草立在微风中,孤独的身影不停地摇摆。

普尔博士的好奇心又上来了。他想起了刚刚研制成功的"菌人之神"人体缩小器,于是他按下粉红按钮,把自己缩小到细菌般大小。在灰暗的夜色中,普尔博士如同一个透明的物体,谁都看不见他,而他却能看清楚一切。

在缩小的普尔博士面前,小草变成了参天大树,大得吓人。普尔博士开启了随身携带的手表式飞行器,飞向天空,寻找发出那种奇怪声音的地方。

飞行器把普尔博士带到不远处的树林里,将他放在一棵大树上。普尔博士往树下一看,眼前出现的事物把他吓了一大跳。

夜晚的树林里躲着的竟是一些奇形怪状而又似曾相识的动物。

普尔博士打开万能翻译器，吃惊地听着它们讲话。

一只长鼻子的动物长啸一声道："我本是大象，因为森林遭受破坏，食物和水源都被污染，我变成了现在这样……"普尔博士不禁对自己的眼睛产生了怀疑：这个动物除了长鼻子和大象的鼻子有几分相似以外，全身上下再没有一处地方和象扯得上关系！你看它耳朵小小的，还有那像吸管的牙，细细的四肢，轻巧的身躯，完全不同于多年前曾经在地球上很常见的象。只见那自称"大象"的动物悲伤地甩了甩鼻子，这个动作倒与大象的行为有些相似。

普尔博士对此还未完全反应过来，一阵吼声转移了他的视线。一只浑身长满长毛的小个子大眼兽发出了传说中的"狮子吼"，与电影中狮子的吼声简直一模一样。普尔博士自嘲地苦笑："这难道就是地球上已经灭绝的狮子吗？这怎么可能呢？"大眼兽悲愤地大声喊道："人类将地球折磨得千疮百孔，寸草不生，害得我'百兽之王''进化'成这副样，再也没有原先的豪气，成了一个骨瘦如柴的大眼怪物……"

话还未讲完，一匹像马但又长着一对光秃秃的小翅膀的长嘴兽就"呜呜"地哭起来了："你们瞧瞧我的丑模样，谁能认得出我曾经是一匹矫健的骏马？人类为了短暂的私利，毁了森林，污染了河流，害惨了我们，为何他们不重新建设这一切呢？"

"对，人类应该重建我们的森林家园，还我们一个公道！"动物们群情激愤，纷纷抒发着压抑已久的情绪。

普尔博士的心灵受到了极大的震动。他乘坐飞行器飞回自己的实验室，按下绿色按钮，恢复成原样。他的助手希普斯推门而入，兴奋地说："恭喜你，博士，你的研究成功了！"普尔博士却没有如他所想的狂喜，而只是平静地说道："这只不过是一小步而已，我们需要做的事情还有很多，很多……"

文/袁 喆

做一个守护环境的天使

在故事的最后普尔博士说："我们需要做的事情还有很多，很多……"你们知道普尔博士所说的很多很多的事是指什么吗？那就是好好地守护我们地球的环境，别让它变成故事中所看到的样子。

本来长鼻大耳的大象变得牙像吸管，四肢细细；本来是"百兽之王"的狮子却成了"一个骨瘦如柴的大眼怪物"；本来是矫健的骏马却变成了"长着一对光秃秃的小翅膀的长嘴兽"……为什么会这样？都是因为人类为自己的私利把动物们的生存环境破坏了，它们不得不"进化"成了这种样子。这样的事情是我们希望看到的吗？我们当然不愿意，为了避免这种情况变成现实，从现在起就得好好保护我们身边的环境。

小天使最喜欢做好事，也是最有勇气担负保护地球责任的人，而我们就是地球上的天使，保护好地球上的动物和一草一木都是我们的责任。我们要保护好自己生活的家园！

赏析/黄　棋

天气预约站

难道天气也能像买飞机票一样，打个电话，讲明要求就可以预定吗？

为了写一篇人工调节天气的报道，《科学启蒙》的主编派我去采访我国第一个空间实验所。

当我跨进实验所时，白发苍苍的老所长王健民教授正和他的助手紧张地工作着。一看见我，老教授疾步迎了上来，笑呵呵地说："哟，小记者，欢迎你到我们这里来做客。"

我们来到中央指挥台前，助手递来一份电话记录，上面写着：明日奥运会在北京举行，首都体育场要求晴转多云，温度十八摄氏度到二十摄氏度；西安秦川林场种了十万株树苗，要求下一场小雨；"冰城"哈尔滨后天要举行"亚洲滑雪锦标赛"，需要一场大雪……

我只知道天气能预报，还不知道天气可以预约呢！难道天气也能像买飞机票一样，打个电话，讲明要求就可以预定吗？精神矍铄的王教授好像看出了我的疑惑，指着窗外几十个发亮的光点对我说："你看，那些光点就是最新的气象探测控制器，它们装有太阳能驱动的高速粒子流，有的能负责调动气流，有的能调节风向，有的可以把尘埃和微粒驱散或者聚拢……大家分工合作，根据顾客的要求调节出不同的气候。至于阳光，你看，那个闪光的碟状仪器就是一个巨大的太阳能储存器，用它来调节和控制固定区域的日照强度是绰绰有余的。"

"太妙了！那全世界都可以四季如春了！"我睁大眼睛说。

"傻孩子，那可不行。"老教授严肃地说，"要是全球都四季如春，生态就无法保持平衡，世界也不会那么丰富多彩了，你哪还能看见什么热带风光、北国景色啊。我们只能让雨、雪、风、霜听从人类的调遣，按我们的需要定点、定时、定量地'供应'给人类。"

老教授按下计算机上的红色按钮，说："瞧，刚才的电话要求已经输入了激光信息处理系统，不久，你就可以看见我们的气象工程师'呼风唤雨'了。"

当我问到实验所未来的规划时，老教授指着屏幕上祖国的大好河山说："我们要让气候干燥的戈壁滩变得绿树成荫，白雪皑皑的大兴安岭下麦浪翻滚，我们会和其他同行取得联系，共同在太空建立一个规模宏大的全球气候调节站……"

乘坐航天飞机返回 S 市时，我在电子屏幕里看见首都体育场上彩旗飘扬，中国健儿们龙腾虎跃；秦川林场细雨濛濛，树苗贪婪地吸吮着甘露……而我的采访报道也在脑海中酝酿成熟了。

文/李十仔

假如天气真的可以预约

天气可以预报，这对我们很多人来说并不是一件什么新鲜事。然而天气可以预约，这究竟又是怎么回事呢？

《天气预约站》为我们解开了谜底。事情是这样的：空间实验所通过"气象探测控制器"和"太阳能储存器"等尖端科技产品实现了天气的预约。在惊叹科技的神奇力量的同时，老教授的一番严肃的话则令我们清醒地认识到天气预约的利与弊。天气预约可以根据现实需要来局部调节气候和光热，使我们的生活更加方便。但是我们却不能因此认为，一旦天气可以预约就意味着人类可以把整个世界都变成"四季如春"！因为如果真的变成了"四季如春"，四季鸟语花香将不再是神话，姹紫嫣红也将不再是稀奇……然而地球却因此而缺少了夏日的蝉鸣虫吟，没有了秋天的硕果累累，更没有了冬天的白雪皑皑，那将会是一个怎样单调的世界，生活将会缺少多少的乐趣。完全按照人的意愿控制天气的变化是不科学的，既会违反自然规律，又会破坏生态平衡，必将导致我们的世界一片混乱。

假如天气真的可以预约，我们更应该尊重自然法则，并按照客观规律办事，这样才能更好地在改造世界的过程中趋利避害，推动世界的发展和人类的进步。

赏析/江伟栋

人 鼠 对 话

谁能拯救我们？只有人类自己！

公元二〇八五年的一天，我正坐在电脑面前，屏幕显示出一只活泼可爱的小老鼠。我紧张地操作着电脑，把老鼠的声音翻译成人的语言。

"请问鼠先生，为什么你们有如此强的免疫力？"我问道。

"被你们逼的，"它嘲笑似的回答，"如果我们免疫力不强，你们人类还不同样要把我们送进动物园保护起来？"

"为什么你们误食毒药后，其余同类就知道不吃这种有毒的食物呢？"我有些汗颜。

"那是我们老鼠特有的，也是一个六维空间问题。"它有些得意了。

"六维空间？请具体说说。"

"你们人类不是利用五维空间造出了比飞机更方便的空中轨道吗？"

我知道它说的是我们的一种形如五角星的飞行物。我国科学家发现了五维空间，在这种时空下飞行的物体可产生接近光速的速度。

"再请问老鼠先生，你们怎么知道什么时候发生地震、火山爆发？"

"可悲的人类，本来这是动物共同的本能，可惜你们人类太过贪心，懒惰，以至于越来越脱离自然界，丧失某种预知的遥感功能。"

"那么我们可不可以恢复这种功能。"我几乎哀求地问。

老鼠沉默了很久，然后点点头。

"快说！"我迫不及待了。

它却突然变脸了，生气地说："你们人类太贪心，也太急功近利了，到生存受到威胁时才来求我们，哼！我不说了……"

"不行！"我大叫。它却从屏幕上消失了。我愤怒地敲着键盘。

为让老鼠重现屏幕，我终于想到了一个绝妙的主意。我用程序把猫输进了电脑，这一招真管用，无处藏身的老鼠不得不浮出屏幕求救于我。

我像审囚犯似的问它："人类怎么样恢复预测地震的本能？"

"只要把我们的遗传细胞移植到你们人身上不就可以了吗？笨蛋。"

"是啊！"我大喜。正在我欣喜若狂的时候，猫已迫不及待地扑向老鼠。我大惊失色，救都来不及了。"我不是故意的。"我说。

"高贵的……人，做什么事……都有借……口！"在猫的利爪下老鼠吐出了这些字：要拯救地球，到动物那里找答案。要拯救人类，需与动物携手共建地球。屏幕上显出这两行字后，电脑"轰"的一声爆炸了。

文/佚　名

谁能拯救我们

无法预料未来的世纪能带给我们什么，也许是机器人时代；也许是外星人统治时代；也许其他动物，例如老鼠成为真正的统治者。

在未来世界中，电脑科技的发展无疑是科技领域的重头戏之一，在那时的信息高科技时代，俯首皆是机器化的东西。

《人鼠对话》就是一篇以电脑为基础的科幻小说。通过电脑，老鼠和人能够通话，能做一些人类根本无法完成的东西。这篇科幻小说严谨而不失活泼，科学与趣味并重的特点，在介绍电脑科技发展的同时，还从另一个角度提醒了人类：要拯救地球，到动物那里寻找答案；要拯救人，需与动物携手共建地球。

在现实生活与未来梦幻生活中，未来的地球生活就是一个万花筒。尽管全球化高科技产品带来了很多好处，但我们也不能太贪心、太急功近利,也不能脱离其他的环境而单独存在,人类与动物不能相互斗争,应共同发展,如果人类赶尽杀绝,最后只能自我毁灭。

谁能拯救我们?只有人类自己!

赏析/小 高

克 隆 梦

几天后,克隆 K1 干脆将有关克隆技术资料和五百万美金全部卷走,然后带着 K 教授的夫人乘太空飞船私奔到爪哇国。

K 教授的生物克隆技术荣获国际金奖,K 教授成了世界大名人。

K 教授克隆水牛成功之后,便偷偷地进行人体克隆技术研究。他先从自己体内取出一个细胞核,经过千百次的实验,终于成功地克隆出自己。K 教授将克隆出来的自己命名为:克隆 K1。国际通讯社播报这则惊人的消息后,世界一片哗然。科学家们认为:K 教授的克隆人研究成功,标志着科学技术已开创了新的纪元。

克隆人 K1 像三十年前的 K 教授,潇洒英俊,风度翩翩,K 教授万分得意。他走上前去紧紧地拥抱着克隆 K1,拍着他的肩膀激动地说:"OK! 我们是同一个人,你就是我,你是我的过去,我是你的将来……"

K 教授发现克隆 K1 无论是长相、性格、语言举止完全是自己。他还惊奇地发现自己渊博的学识,全都藏在克隆 K1 的脑子里。克隆 K1 的才华远远超过了 K 教授本人,K 教授想做的试验,克隆 K1 已经做出来,K教授那些攻克不了的科研课题,克隆K1已经为他做好实验并写出了研究报告。

K教授望着克隆K1俊秀的面孔乐得捻起胡子,二郎腿直晃,脸上写满灿烂的笑意。真想不到自己还能返老还童,更想不到自己一夜之间居然年轻了三十岁。

后来,K教授和克隆K1共同研究一个"关于古人克隆技术研究"的新课题,K教授把逝世多年的历史名人、科学家一一克隆出来。K教授对克隆K1说:"如果古人克隆成功,世界将会发生翻天覆地的变化,未来的世界将是一片辉煌灿烂……"

一日,K教授应联合国克隆技术委员会主席卡尔斯特先生的邀请,准备到矮人国参加世界第十二届克隆技术研究会,K教授将在会上做《关于古生物克隆技术研讨报告》。临行前,K教授把实验室的钥匙和多年研究的克隆资料统统交给克隆K1。K教授相信克隆K1一定会按自己的意志,尽心尽力完成课题研究。K教授的夫人有些不放心地说:"这世界离奇古怪,还是小心为好!"K教授见夫人对克隆K1不放心,便笑着说:"如果连自己都不能相信,这世界岂不反了吗?"K教授深信克隆K1一定会在课题研究上有新的突破。

K教授载誉回归后,发现实验室被洗劫一空。几天后,克隆K1干脆将有关克隆技术资料和五百万美金全部卷走,然后带着K教授的夫人乘太空飞船私奔到爪哇国。K教授得知情况后,气得捶胸顿足。一气之下,K教授将仅剩的五万美元统统拿出来,决定向世界法庭起诉……

这时,国际刑警组织来人传唤K教授,并告诉他一个令世界震惊的消息:克隆K1在爪哇国公然克隆出希特勒、墨索里尼和东条英机……

文/吴爱智

正确利用科技

现在的克隆技术已经取得了突破性的发展,科学家克隆出了克隆羊,但是想进一步克隆人的时候却引发了争议,更多的是谴责,还有对克隆生物的担忧,因为克隆会引发一系列的社会问题。

　　K 教授成功地克隆出了自己——克隆 K1。克隆 K1 也拥有 K 教授渊博的学识,并且更有才华。K 教授非常信任克隆 K1,却没有发现他邪恶的真面目。克隆 K1 卷了 K 教授所有的钱财和技术逃到爪哇国,还带上教授的夫人,最后竟克隆出战争狂人希特勒、墨索里尼和东条英机。K 教授真是赔了夫人又折兵,还让战争的狂热爱好者——那些发动第二次世界大战的法西斯分子诞生了,并且可能会危害到社会。一个本来对人类很有价值的技术反而为人们带来了灾难,这是用法不当的问题。

　　其实事物都是有好有坏的,只看你怎么利用它罢了。克隆技术是基因工程的一个突破,是人类科技进步的象征。只要我们善于利用它,把它用到正确的途径上,它就能为人们谋福利。但如果我们利用不当,用到了错误的途径上,就很有可能会给社会造成灾难,给我们的生活带来危害。

赏析/陈　雄

新"诺亚方舟"

　　爱护动物,爱护生命,爱护自然。我们做到了吗?

　　我乘着宇宙飞船,来到一颗陌生的星星上。这个星球的文明,比地球落后整整七八个世纪。

　　那里的人长着一根可笑的长尾巴。不幸的是,我刚踏上这个星球不久，便被一些长尾巴的人抓住，关进了京城的皇家动物园任人参观。我记得在巴格达求学的时候，曾被誉为具有特殊的语言天才，能够用最短的时间学会一门生疏的外语。如今，为了了解这些长尾人对我的处置意见，我便竖起耳朵注意倾听他们的谈话，学起他们的语言来了。

所幸的是，一位山羊胡子先生对我还算和善。在我学会了长尾人语以后的一天傍晚，游客都已散尽，山羊胡子先生愁容满面地告诉我，皇家动物园的保护者——老国王今天早上驾崩了。明天，王太子就要登基。这位血气方刚的太子热衷狩猎活动，由于已经没有野生动物可以猎取了，他下令在登基日把皇家动物园的饲养动物全部放出来，举行最后一次盛大的围猎。这样一来，所有的动物就要完全灭绝了。

山羊胡子先生要我帮助他解决这一危难。我用他弄来的一把钢凿凿断了两根铁栏杆，从笼子里走了出来，在密林中找到了我的飞船。

我发动了飞船，带着山羊胡子先生，恰好在黎明时分飞回了皇家动物园的上空。我驾驶着飞船从半空中猛冲下去，把王太子和那些长尾猎人吓得夹住尾巴，四散奔走。飞船降落后，我们赶快跳出来，用铁链把关动物的笼子一个个串起来。突然，王太子从藏身的地方冲了出来，这时，我已重新发动了飞船，拖带着一串关着各种各样动物的铁笼子飞上了天。倒霉的王太子抓住了最后一个猴笼，打算拖住我们，却被飞船带上了天。

我们的飞船像是一个空中动物园，直朝山羊胡子先生指引的一座孤岛飞去。在那儿，他打算开辟一块天然的动物乐园。那个骄傲的王太子，终于落在野生动物自由自在的乐土上了。山羊胡子先生诚恳地挽留我，可是我思家心切，婉言谢绝了他。随即便登上飞船，重新飞上了深邃的太空……

文/刘兴诗

学会爱护

《新"诺亚方舟"》描述了一个超越时空拯救外星球小动物的故事。纵使时空穿梭，这篇文章仍然表达了一个强烈的愿望，它呼吁我们要爱护地球上的每一个生命,要与自然和平共处。

地球上的小动物也面临着一场重大的危机,由于环境的污染以及人类的捕杀,很多可爱的小动物已经永远地消失了,如果再不采取有效的措施,可能我们以后只能在书本里参观动物园了。一个个可怜又可爱的生命,就挣扎在我们的一念之间,不要因为蝴蝶的美丽就自私地把它制成标本来观赏;不要因为喜欢小鸟的可爱就把它囚锢在笼子里不让它自由地飞翔;不要因为田鸡的美味就把它们残忍地杀害……我们要学会爱护小动物,爱护生命,还它们自由生活的乐土。

爱护动物,爱护生命,爱护自然。我们做到了吗?

赏析/陈新霞

新鲜空气店

"喂,市长吗?"马马虎赶紧给市长挂电话,"我家出现了大片大片的树苗,请你火速派人来,把它们栽到街道上去。"

一夜恶风,把镜子城的花草树木全刮跑了。每天,大烟囱不停地吐着浓烟,像毒蛇般在城市上空狂舞,大小街道上,汽车比蚂蚁还多,大有把镜子城弄个天翻地覆才罢休的架势。

几天来,马马虎在这种环境中,觉得头昏脑涨,学习没有劲儿,他的同学,他的老师,他的爸爸妈妈,谁都在喊"闷死啦! 闷死啦"。

放学后,马马虎漫不经心地在街上走着,突然,十字路口一个奇怪的店子——新鲜空气店,把他吸引住了。

马马虎好奇地走了进去。

"小兄弟,买一瓶吧,这是从风景区运来的最最新鲜的空气,世界稀有,质量三包!"哈罗老板一把拉住马马虎的手,极力推荐自己的商品。

"笑话!"马马虎觉得很滑稽,"空气有的是,傻瓜才买哩!"

"哎,不要这么说,我问你,这些天闷不闷?"

"这倒不假!"

"是呀,城里没有花草树木,失去了制造氧气和消化二氧化碳的'工厂',烟囱、汽车还在不停地吐出大量的二氧化碳,把空气弄得糟透了,能不难受吗?"

"你的新鲜空气管用吗?"

"不信,试试看。"

哈罗老板拿出一瓶新鲜空气,打开小气门,给马马虎闻了闻,果真觉得好舒服。

"行,就买一瓶吧。"

马马虎掏出身上所有的钱,买了一瓶茶杯大小的新鲜空气,按照哈罗老板的话,打开气门,放在自己的小房间里,哈,还真行,房间里传出新鲜果子的芳香,一丝丝清新的风儿从鼻前拂过,马马虎仿佛回到了大自然的怀抱。

爷爷怨天怨地,边摇扇子边发脾气。马马虎说:"爷爷,到我的房间坐坐吧。"爷爷来了,脾气立即消了,说:"这才舒服呢!"

爸爸妈妈这下正在为生不燃火炉烧不熟饭闹别扭,马马虎把火炉子提进自己的小房间,火一下子就烧旺了。爸爸妈妈走进来,吃惊地问:"这房间的空气与外面怎么不一样?"

马马虎把用了气瓶的事说了,爷爷、爸爸和妈妈立即说:"快,快去买一百瓶来,这东西太需要了!"

马马虎的妈妈推着车,来到"新鲜空气店"门口,这里已经挤得水泄不通了!原来,这消息一传十,十传百,传得飞快,几乎把全城的人都吸引来了。

这么多人争着购买新鲜空气,不维持秩序不行。全市的警察都出动了,他们一边喘气一边嚷:"排队!排队!不排队就开除购买空气的资格！"

警察折腾了半天，队伍总算排好了，排得很长很长，在整个城市左拐右拐绕了几十个圈，简直像一个连环阵。

一个星期过去了，马马虎的妈妈站在队伍中，离"新鲜空气店"还有数十里远，据此推算，大约过两年半才能走到店门口。

马马虎急坏了，他的那瓶新鲜空气早用光了，爷爷又在发脾气了。

能不能办个制造新鲜空气的工厂呢？马马虎异想天开地画了一片大森林，把绿色的水彩用光了，但还有一棵树的叶子没涂上颜色。美中不足！这时，他发现妈妈的梳妆台上摆着一瓶绿色的生发剂，顿时计上心来：对，用它代替水彩！马马虎把生发剂往外挤，挤不出来，是不是变质了呢？不下大力气不行，他便猛用力挤。"哗"！生发剂这下像魔水般，"哗啦啦"喷射而出，把画面全弄湿了。这可麻烦了，马马虎眨眨眼，感到很遗憾。但没过多久，奇迹出现了：画中森林里的小树，一棵棵复活了，渐渐地往上长……不一会儿，整个房间都快挤满了！

"喂，市长吗？"马马虎赶紧给市长挂电话，"我家出现了大片大片的树苗，请你火速派人来，把它们栽到街道上去。"

电话刚放下，市长就派来了许多植树工人，从马马虎家把树苗源源不断地运走，栽满了城市的每个角落。

这些树长得疯快，不到半天，镜子城就变成了绿色环抱的海洋，还在排队等待购买新鲜空气的市民，吸吸鼻子，突然觉得空气变得新鲜了，感到精神好起来。"哈，还排什么队，买啥空气哟！"大家都高兴地回家去了。

文/乐　乐

我们需要绿色的大自然

由于没有花草树木，城市已是乌烟瘴气。可笑的是，大难临头人们还不反思，竟然排起长龙去买新鲜空气。这真是世界上最稀奇的事。

环境污染，已成为人类的忧虑。人类不爱惜地球资源，最终是要自食恶果的。可喜的是马马虎用生发剂代替绿水彩给树上色，没想到树变成真的了，城市的空气也变得清新。这一回，不知道镜子城的人会不会对自己的行为有所悔改呢？大自然是上帝对我们最好的恩赐。人类却让河水泪眼汪汪，高山的头发日见稀疏，让母亲地球的容貌不再美丽，这无异于恩将仇报。我们需要绿色的大自然，我们需要新鲜的空气！

赏析/殷 喜

第四辑　有魔法的妈妈

　　在孩子眼里,我们的母亲都是魔术师。眼里藏着无限的牵挂,嘴里呼不完叮咛与小心,手里挥不尽温暖和抚慰,袖子里还有我们最爱的糖果排着队……如果我们愿意观赏,从头到脚,由里到外,母亲总能持续那没有谢幕的演出。从古到今,慈母手里的线一路连了五千年,一路暖到新世纪。我们还想要无数鲜艳的梦想?没关系,摁下开机键,我们闭上眼睛,一瞬间,母亲就能描绘出我们最最向往的画面。

在爱的阳光里
触摸人世的温暖

未来的教师和学生

老师是平凡的，默默地在三尺讲台上奉献一生，任由粉笔染白头发，岁月爬上额头。

她站在讲台上，眼睛闪闪发光，看着前面暗淡的屏幕，不禁感到困惑。难道这是教室？但看来这确实是个教室——空气有点暖和但不太清新，有书本、粉笔灰，有熟悉的木质讲台。教室里光线很暗，其中隐约闪烁着微光——是玻璃？是塑料？黑暗中，她看不出前面是什么在看着她。

教室里有一阵小小的骚动——是期待？是不耐烦？显然，有什么东西在等着她。她看了看面前的备课笔记，上面写的是"地球史"。地球史？这课程太难了，学生能听懂吗？她已经记不起自己以前是否教过这门课。实际上，她是怎么来这儿的，也已记不起来了。她现在在一个新的教室里？她来到了大学的一个新校区？但奇怪的是，他们为什么搬来这些旧课桌？也许，她自己老了吧！如果她记忆力不行了，那他们该让她退休了。她清了清嗓子。

"大家好！"她说，"我是埃伦·唐纳利博士，我给大家上——"她低头看了一下备课笔记，对，备课笔记上写着——"地球史。"她停顿了一下，注视着黑暗的教室。但她面前的强光立即使她看不见东西。她看不清教室里的学生，她无法与学生交流目光，也无法获得学生的反馈。

"首先，我想请大家说说为什么选这门课。"她想，学生们的回答也许能唤起她的记忆。

开始是一阵沉默，这也是意料之中的。然后，在黑暗中响起了一个呆板的金属铿锵声："我在研究黄色矮星上偶发的生命形式。"

埃伦眨了眨眼睛。

接下来的金属铿锵声说话速度不一样："我的祖先在远古时代访问过地球。我想知道他们看到了什么？还有他们在那里做了些什么？他们所做的一切对地球又产生了什么影响？"

又一个同样的声音从一处闪烁着暗红的光点处发出："我对碳元素的生命形式感兴趣。"

金属的铿锵声一个接一个——是经过机器翻译的声音。"我对远古神话感兴趣。""双星系对人心理的影响。""含盐机体的生理机制。""天狼星系典型的艺术形式。"他们一个接一个讲着。她对每一个说话的学生点头微笑。但她的手心在出汗，在讲台上印上了湿漉漉的手印。学生们说的一切都无法唤起她的记忆。这也许是一个玩笑，但以前的学生们都喜欢她的课。学生们说，她的课把遥远沉闷的历史讲活了。是啊，谁会与一个老妇人过不去呢？

她扫了一眼备课笔记。在她的记忆中，她从来没有上过这门课。但备课笔记上写的材料，她似乎还熟悉，好像就是她自己写的。地球史？

"今天第一次上课，我们会早些下课，你们可去图书馆查阅资料。"这样做比较稳妥。她都在图书馆里准备好不少资料——参考书、图片，甚至还有她自己收藏的实物和仿制品。因为，学生还能用其他什么方法学到知识呢？

她看了一眼备课笔记："下节课我们要讲地球的构造和成分，以及到中生代爬行动物时代为止的地质年代。再见！"

使人炫目的黄色灯光熄灭了。这时，她看到一排排闪烁着亮光的盒子——就像一家大型的珠宝店——有的闪着红光或蓝光，有的盒子里面有液体，有的外面包着一团雾气。

一刹那之间，教师弯着腰，一动不动地站到了讲台后面。

一个学生看了看讲台说："那些地球人的仿真品真不错，是吗？难怪古文化课这么受学生欢迎。"

他的话经过了翻译。另一个学生回答说："是的，你知道，这些仿真品都是有知觉、有意识的。从前的模型太机械呆板了,这些新的模型像活的一样。"

"这就产生了一个有趣的问题,"一个学生说,"从一定程度上说,这些地球人仿真品确实像活的人一样。至少,他们的性格也保存下来了。只有这样才能真正知道地球人的真实面貌。但我感到难以理解的是,他们怎么能永远这样一动不动地站着?"

"是啊!"另一个学生说,"至少他们不知疲倦啊!"

教室里空空荡荡的了。在讲台上,埃伦·唐纳利博士一直一动不动地站在那里,等待着下次上课。

文/[美]米尔德里德·唐尼·布罗克森

可敬的老师

　　外星球的外星人,利用科技仿真技术做了埃伦·唐纳利博士的仿真品,连性格也保存下来了。他们的古文化课就是让这位可敬的老师模拟上课,借此研究地球人的真实面貌。他们难以理解的是地球的老师为什么能够一动不动地站着,不知疲倦地为同学们上课。大概是因为他们没有像地球一样具有崇高精神的老师吧!

　　老师就像辛勤的园丁,而我们是种子,他们辛苦地把我们种在花园里,用汗水浇灌我们成长。当春天百花齐放的时候,就是他们发出会心的笑的时候。每当想起我们的老师,想起他们对我们的关怀,想起他们不知疲倦地为我们上课,想起他们在灯下为我们批改作业,总觉得心里有一种感动爬上心头。

　　老师是伟大的,费尽心血地工作,培养了千千万万建设社会的人才;老师又是平凡的,默默地在三尺讲台上奉献一生,任由粉笔染白头发,岁月爬上额头。有一句诗说:"春蚕到死丝方尽,蜡炬成灰泪始干。"人们常用它来比喻教师一直尽心尽力地教育着学生,传授知识,像春蚕一直吐丝到死亡的那一刻,像蜡烛燃烧到最后。老师是我们最尊敬的人,我们就是坐在明亮的教室里,在老师的教诲下学习新知识,学习做人的道理,健康成长的。

赏析/韩文亮

铁　蛋

谁都想也都会有朋友,小孩子也不例外,
而且越是聪明古怪的朋友他们就越喜欢。

飘行车轻轻地着地了。车门自动打开,车顶跟着也自动抬高了。这时,小虎子才放下了手中的小电视机。一下车,小虎子一把拉着我的手,一个劲儿往里跑。一边跑,一边大声地喊:"老爷爷,快出来呀,我们家来了客人啦!"

可是,我们一直跑到楼上,还是静悄悄的,没人答应。

在楼前的阳台上,有一个白胡子垂到腰间的老爷爷,一声不响地坐在那里,双手托着下巴,在那里沉思着。他似乎一点儿也没听见我们的脚步声和小虎子铜锣般的喊声。

也许是年纪大了,耳朵不灵啦。我这么猜想。

小虎子这时不叫也不喊了,蹑手蹑脚地走到老爷爷背后,双手蒙住了他的眼睛。

"是哪个小调皮在捣乱呀?啊,啊……"老爷爷喊了起来,"哎哟哟,一定又是小虎子这调皮鬼。快松手,快松手,我的步法全给你打乱啦!"

"呀,老爷爷,你又被象棋迷住了!"小虎子一边说,一边松开了手。

老爷爷在跟谁下象棋呢？

我朝老爷爷的对面一瞧，吓了一跳：老爷爷的对手是一个长着银光闪闪的长方脑袋的怪物。他有两只圆圆的眼睛，三角形的鼻子，一张又宽又大的嘴巴。他浑身都亮闪闪的。在肩膀、手腕、膝盖、脚踝、头颈这些关节上，可以看到一颗颗突出来的六角形螺丝帽。"我来介绍介绍。"小虎子说道，"这是我和小燕的新朋友、好朋友——小灵通，他是个新闻记者。这是我爷爷的爸爸——我的曾祖父——老爷爷。"

小虎子指了指那位浑身发亮的人说："他是机器人，绰号——也算是他的名字吧，叫做'铁蛋'。他浑身是用不锈钢做成的。"

"欢迎，欢迎，我们的小记者。"老爷爷一边用左手持着雪白的胡子，一边用右手抚摸着我的脑袋。

"欢迎，欢迎，我们的小记者。"铁蛋也学着老爷爷的话，瓮声瓮气地讲起来，而且还"砰！砰！砰！"地拍掌表示欢迎。

这时，小虎子的爷爷、爸爸和妈妈也都上楼了，一起坐在阳台上。老爷爷让我坐在他的身边，亲热地问我几岁啦？家住哪儿？家里有几个人？

"铁蛋，你快去给客人倒杯茶。"小虎子的妈妈说。

那机器人随即来了个"立正"、"向后转"，很快地跑开了。一转眼，他用盘子托了七杯茶送上来了，给我、小虎子、小燕以及小虎子的老爷爷、爷爷、爸爸、妈妈每人一杯茶。

"小灵通，以后你要喝水、吃饭，只管找铁蛋就行了。"小虎子的爸爸说，"铁蛋是我们家的'厨房主任'，专门管这些事儿。"

"他下棋也下得挺高明的。"老爷爷说，"小灵通，你有空可以跟铁蛋赛一盘。"

我对小虎子说："这铁蛋真能干呀！"

"他呀，他的本领全靠那个方脑袋里装的电子脑——微型电子计算机。"小虎子说道，"你在铁蛋的电子脑中放进什么信号，他就干什么事。比如你叫他每天烧三顿饭，他就每天烧三顿饭。你把象棋棋谱变成电子信号，送进他的电子脑里，他就会下棋。"

"他还会下陆军棋哩。"小燕插嘴说，"我跟哥哥下陆军棋，就叫铁蛋来当'公证人'。"

"在我们未来市的工厂里，机器人就更多了。在那里，机器人会开车床,会搬运货物,会看管仪表,会包装产品。在图书馆里,机器人是很好的图书管理员。你要借什么书,把书名写出来,他很快就会把你要的书从书架上找出来。"小虎子又对我说,"最有趣的是,在我们未来市,有五个交通警察局——'陆上交通警察局'、'水上交通警察局'、'海底交通警察局'、'天上交通警察局'和'宇宙交通警察局'。除了'宇宙交通警察局'是人当交通警察外,其余四个交通警察局的警察,全是机器人。嘿,他们可厉害呢,如果你的飘行车违反了交通规则,他们立即用照相机把你的飘行车拍下来。这照片在拍摄以后一秒钟,就马上洗出来。照片上有你的飘行车号码,而且你的飘行车是怎样违反交通规则的也拍得清清楚楚。"

"唷,机器人可真聪明!"

"聪明?这不见得!"

"怎么不见得呢?"

"机器人虽然能做许多事儿,可是,毕竟是我们人创造的呀!"小虎子连珠炮似的说,"例如'厨房主任'铁蛋烧饭还可以,他知道多少克大米该加多少毫升水,加热到多少度,该烧多少时间。但他烧的菜就不是那么好吃了。他只会按照多少克菜,应加多少克盐、多少克油、加热到多少度和多少时间,像进行化学实验似的。所以我们家常常是妈妈、我或者小燕烧菜。"

"小燕也会烧?"

"起码比铁蛋烧得好!"小燕笑着说。

文/叶永烈

聪明古怪的朋友

大家都想有朋友,小孩子也不例外,而且越是聪明古怪的朋友他们就越喜欢。

叶永烈爷爷的科幻小说《小灵通漫游未来》描述了很多稀奇古怪的事物,机器人"铁蛋"便是其中之一。你看,当看到小虎子一家快乐地与"铁蛋"相处时,身为百事通的小灵通也情不自禁地对几乎无所不能的"铁蛋"起了兴趣，并和小虎子兴致勃勃地对"铁蛋"高谈阔论了一番呢。

　　看过叶永烈爷爷作品的人可能都知道，作为一名儿童科幻作家，他能很好地叙述故事情节，也能用很俏皮可爱的语言来吸引小读者。例如"小虎子这时不叫也不喊了，蹑手蹑脚地走到老爷爷背后，双手蒙住了他的眼睛。'是哪个小调皮在捣乱呀？啊，啊……'老爷爷喊了起来，'哎哟哟，一定又是小虎子这调皮鬼。快松手，快松手，我的步法全给你打乱啦！'"爷孙两人的一言一行充分表现出家庭的温馨；又如"'欢迎，欢迎，我们的小记者。'铁蛋也学着老爷爷的话，瓮声瓮气地讲起来，而且还'砰！砰！砰！'地拍掌表示欢迎。"短短二三十字的记述就把"铁蛋"的聪明可爱一面展示在我们面前。面对这么醒目的朋友，试问好奇心颇强的我们又怎么会不被吸引住呢？所以，聪明的小朋友们，如果你们也想知道"铁蛋"到底是不是一个聪明古怪的朋友的话，不妨来读读《小灵通漫游未来》之"铁蛋"哦。

赏析/谢卫英

手术室里的枪声

　　在走投无路的情况下，比桑托驾驶着车辆向旁边的小土坡冲去。"轰"的一声，车撞在山下公路旁的岩石上了。

世界历史学家周沫和年轻的黑人学者比桑托，在对玛雅典籍文字的研究和破译上，取得了卓越的成就。他们在一座金字塔的秘密通道中，发现了一幅壁画，经鉴定，这是地球上的矿藏资源图。这一发现引起了世界各国的史学家和实业家们的极大兴趣。OB跨国公司的代理人莫屯凯特向他们表示，如果愿意同他的公司合作，他可以付给很高的酬金。可是，他们拒绝了金钱的诱惑。

周沫正向比桑托的寓所走去，他是去参加比桑托和玛丽丝的婚礼的。现在，他们驱车到野外去举行只有他们三人参加的庆祝婚礼的野宴。在途中玛丽丝突然发现OB公司的特工组织——蓝光队的小车向他们追来。原来，玛丽丝是莫屯凯特派来刺探周沫和比桑托研究成果的，在与他们相处的日子里，她看到了两颗淳朴无邪的心。她开始背叛莫屯凯特，并爱上了比桑托。

他们被蓝光队的小车追上了，在走投无路的情况下，比桑托驾驶着车辆向旁边的小土坡冲去。"轰"的一声，车撞在山下公路旁的岩石上了。

玛丽丝只是被爆炸的气浪震昏，很快便苏醒过来。大夫告诉她，周沫的胸部被炸开，呼吸和心跳都已停止了，但头部没有受伤；而比桑托则已死去。玛丽丝在比桑托那满是血液和脑浆的脸上疯狂地亲吻着，哭叫着。突然，她声音颤抖地向大夫请求：一定要救活周先生。大夫告诉她，可以救活他的头脑，可是必须把它接在一具完整的、内脏健康的躯体上。为了能把周沫和比桑托共同的事业进行到底，玛丽丝决心把自己的身躯献给周沫，在手术室里，她朝自己的太阳穴开了一枪。

周沫经过复杂的手术后，已恢复了健康。他在比桑托和玛丽丝的墓前哀悼着：勇敢而坚贞的伙伴们，安息吧！我不会辜负你们的希望……

文/杨　威

人生的抉择

　　周沫和比桑托发现了地球上的矿藏资源图，但他们不为金钱所诱惑拒绝与跨国公司合作；玛丽丝原本是个特务，但却被周沫和比桑托的淳朴无邪所感动，后来她背叛了莫屯凯特并爱上了比桑托；在一场车祸中，比桑托意外死亡，玛丽丝为了新婚丈夫尚未完成的事业，毅然用枪结束了自己生命,把身躯捐给了周沫……

在金钱面前,周沫和比桑托没有屈服,其对事业的忠诚和对人类的强烈的责任感令人肃然起敬。在生与死的抉择面前,玛丽丝为了使周沫和比桑托的研究得以继续进行,不惜用生命来换取了周沫的重生,这需要多大的勇气和多么大义凛然的情怀才能办得到啊！然而,玛丽丝做到了！其"杀身成仁,舍生取义"的精神令人感动万分！

当今社会,有多少人为了金钱和权力而尔虞我诈、互相倾轧,视法律法规于无睹,丧失了最基本的良心与道德。面对生与死的抉择,玛丽丝毫不犹豫地做出了伟大的选择,把死留给了自己,把生的希望留给了别人。为了人类共同的事业,毅然献出了自己年轻宝贵的生命。

"死或重于泰山,或轻于鸿毛",为了人类的幸福和社会的进步而献身的人将永远活在人们的心中！

赏析/江伟栋

有魔法的妈妈

现实世界里的魔法其实就是一种自信,
一种对待生活的执著和坚强。

尼其怎么也没有想到,自己的妈妈竟然会有魔法！尼其是怎么知道妈妈有魔法的呢？

事情是这样的：这天，尼其从学校里回来，什么也没跟妈妈说，妈妈却一五一十说出了他在学校里的表现，甚至连他数学题错了几道、上语文课举了几次手也知道得一清二楚。

"一定是米老师打电话告诉你的。"尼其叫道。他想起以前有一次，他跟同学打架，就是米老师向妈妈告状的。

"米老师没有打电话给我，哪个老师也没有。"妈妈说。

尼其不相信，妈妈一急，就泄露了秘密。原来，这天妈妈不上班，忙完了家务后，她想："不知道尼其这会儿在学校里干什么？我一次也没见过尼其上课的样子呢。"奇怪的是，妈妈这样一想，她就变成了一个会飞的隐身人，眨眼间就飞到了尼其的学校里……

知道了这个秘密，尼其觉得妈妈真了不起。"妈妈，快教我魔法吧！"可是妈妈不同意："魔法是不能随随便便变的哦！"

虽然妈妈不肯教，但是聪明的尼其想，要是自己表现得好，说不定妈妈就会说出魔法的秘密的。

接下来的几天里，尼其一直在想魔法的事。帮妈妈拣菜的时候，他想："哈哈，要是我有了魔法，我要像鸟儿那样，到处飞来飞去。"

帮爸爸轻轻捶背的时候，他又想："要是我有了魔法，我还要变成一个游泳高手，戴着潜水镜，一直游到大海的最深处。"

就是夜里在睡梦里，尼其也在想魔法的事，他一会儿变成青蛙，一会儿变成熊，一会儿又变成一辆开起来飞快的小轿车。伙伴们羡慕极了，追着他跑，恳求说："教教我们魔法吧！"

尼其醒来后，叹着气想："连我自己也还不会魔法呢！不知道妈妈什么时候才能把魔法教给我。"

可是妈妈好像压根儿忘了魔法的事，她像以前那样准时上下班，休息的日子里呢，忙忙碌碌地做家务，就像任何一个妈妈一样，一点儿也看不出有什么特别的地方。尼其有好几次提醒妈妈，可是妈妈只是微笑着，什么也不跟尼其说。

日子一天天过去，最后连尼其也忘了魔法的事。夏日里的一个星期天，晚上吃过晚饭，尼其一家去散步。

走过街心公园时，妈妈突然说："我带你们去住在地下的一个朋友家做客吧！"

妈妈的话音刚落,尼其就惊讶地发现自己变成了一只小鼹鼠,爸爸、妈妈呢,随即变成了鼹鼠爸爸和鼹鼠妈妈。

妈妈做手势叫尼其什么也不要问,然后带头走进了位于街心花园下的一个真正的鼹鼠家庭……

文/金建华

用信念改变命运

尼其的妈妈会魔法。因为非常关心孩子,妈妈变成了一个会飞的隐身人来到尼其身边,观察他的一举一动。正如妈妈所说,魔法是不能随随便便变的。魔法不是为了实现一个人的所有欲望,而是为了满足一颗单纯善良而且充满爱的心,让这个世界变得更加的和谐美丽。

小时候,我一直想变成一个小巫女,骑着扫帚神气地飞来飞去,到处旅行,用魔法为不幸的人带来幸福和快乐。直到现在,我还相信有魔法的存在,只不过我们不知道它的秘密罢了。在风靡全球的《哈利·波特》里,就是一个神奇的魔法世界,小男孩哈利·波特利用遗传他父母的魔法,打败了恶毒的蛇妖。《哈利·波特》的作者——一个单身妈妈,也是靠着这一系列的书,像得到魔法般一样,改变了自己和孩子贫困的生活,找到了幸福。由此看来,现实世界里的魔法其实就是一种自信,一种对待生活的执著和坚强,一种不懈的追求和努力。凭着这些信念,我们用自己的双手和大脑,用心耕种,才能取得改变命运的奇迹,才能获得幸福的生活。

赏析/韩文亮

下 载 心 愿

实现愿望,并不代表随心所欲。

　　放学了,唐奔在路上慢慢地走着:"这次数学又没考好,怎么办呢?"忽然,他看到一家店的招牌上写着"另类下载,满足你的心愿"。唐奔马上走了进去,在一台电脑前坐了下来,点击了"另类下载"。电脑上马上跳出一排排选项:"勇气、心愿、武功、智慧……"唐奔连忙点击了"心愿",突然电脑桌上出现了一个药瓶。唐奔拿起药瓶一看,只见标签上写着:两颗胶囊帮你完成两个心愿。

　　唐奔吃下了一颗胶囊,回到家,见爸爸正在看报纸,便鼓足勇气说:"爸爸,这次数学考得不好……"

　　"你这臭……"爸爸刚要抡起"大力金刚掌",突然像中了邪似的,把手伸到唐奔的头上,边抚摩边温和地说:"儿子,这次考不好,不要紧,下次继续努力!"唐奔差点笑出声来,在心里叫道:"万岁,心愿下载成功!"

　　逃过一劫的唐奔马上又不安分起来,他想去传说中的玩具国玩玩。说干就干,唐奔马上服了另外一粒胶囊。只听"呼"的一声,眼前出现了一双漂亮的棉拖鞋。唐奔迟疑地将脚伸了进去,忽然他整个人都飞了起来,飞出了房间,飞向了大海,耳边是"呼呼"的风声,脚下是茫茫无边的大海。

　　很快,一个与世隔绝的海岛出现在眼前,玩具国到了。海边长着许多高大的椰子树,树上挂着密密麻麻的玩具,孩子们在玩具堆里尽情地嬉闹……一路上,人来人往,热闹非凡。奇怪的是这里见到的都是大胖子,个个肩上扛着一把大大的宽口锄头。

这里什么都是免费的,又不用做作业,唐奔开心极了。只是第二天起床时,他觉得鞋子有点小,衣服也有点不合身了。唐奔并没在意,又兴冲冲地跑进"欢乐谷",可是吃晚饭的时候,他发现自己的鞋子和衣服好像变得更小了……直到第十天,唐奔才觉得有点不对劲了,跑到镜子前一照,呀,镜子里的唐奔又胖又丑,完全变了个样。

唐奔吓坏了,连忙叫来服务员。服务员告诉他,在玩具国里,只要偷懒一天,就会变胖一天。

"那……那怎么办呢?"唐奔吓得语无伦次。

服务员彬彬有礼地说:"背着锄头去做事,每做一件好事就能减肥五十克。"

"啊!原来实现愿望,并不代表随心所欲呀!"还没等服务员说完,唐奔已经背着锄头向外边飞奔而去……

文/方晔婵

真实的感受,纯真的愿望

下载心愿,是一个很温情也很奇妙的故事,作者生动的笔端通过对一个活泼调皮的男孩的描写,表达了孩子对生活最真实的感受和最真切的心情。

考试考砸了被爸爸打骂,是很多孩子会遭遇到的事情,所以唐奔的心愿才会是希望爸爸能够温和地对自己。第一个心愿被成功下载了。读者读到这,自然会心一笑:这小子真是让人气不起来。

大家肯定以为这是一个关于父子亲情的故事,但是,作者很快安排了新的情节,让故事朝更奇妙的方向发展。唐奔借助神奇棉拖鞋就像小飞侠般,飞到了属于孩子的快乐国度——玩具国。只是这里虽然没有铁钩船长,却有着不能偷懒的规则。在生活越来越好的今天,出现了越来越多的小胖子,孩子们害怕自己变得又胖又丑。作者就是根据孩子爱玩又爱美的

火星上的教师节

这个世界上有一种人,不是父母,却如同父母一样关爱着我们。

早上,我刚起床,机器人保姆咪咪就来到我身边,彬彬有礼地对我说:"主人,早餐准备好了,快吃吧。"顿了一下,它神秘兮兮地说,"今天还有很重要的事哩。"我挺纳闷儿,今天会有什么重要的事呢?

我转头一看太阳能万年仪,只见上面赫然显示着"二三五〇年九月十日教师节"。哎呀,今天是教师节,我怎么给忘了?我赶紧吃过早餐,带着礼物,坐上光能飞艇向火星飞去。

一路上,我思绪万千:时间过得真快呀,转眼间小学毕业已经四十五年,多年未见的郝老师一定是老态龙钟了,也不知同学们现在怎么样了。不知不觉,飞艇已经降落在火星教师新村前。我轻轻按了按一幢小别墅的门铃,一位满面笑容的中年妇女开了门,她容光焕发,满头黑发,只有眼角处有些浅浅的鱼尾纹。我望着她,觉得挺面熟,但一时又记不起来在哪儿见过;她也同样望着我,好像在努力回忆着什么。

为了打破尴尬,我开口问道:"请问郝静雯老师住在这儿吗?"谁知,对方竟一口叫出我的名字:"你是季康呀,我就是郝老师。""郝老师？……哦，郝老师！您好！"我真无法把记忆中的郝老师与眼前的她联系在一起！经过交谈，我终于明白了事情的原委。原来，郝老师这几年来一直服用我的同学周婷美发明的"青春素"。这青春素能有效抑制人体衰老，是本世纪以来轰动全球的科技新产品。

就在这时，"嗖！嗖！嗖！"几条飞艇也轻巧而又准确地落在小楼前。我一看，好家伙，今天，同学们都不约而同来看郝老师啦。

郝老师见我们都到齐了，要我们讲讲各自在事业上的成就。首先被推上台的是周婷美，她现在已是名闻天下的女教授了。周婷美谦虚地笑着说："我在火星上考察时，偶然发现了两种元素，我把它和在月球七号坑里找到的几种复杂的元素配合在一起，再加上地球上的多种药物，反复试验制成了青春素。这项成果获得了诺贝尔奖，它与郝老师的辛勤培育是分不开的……"客厅里立刻响起雷鸣般的掌声。

接着，严康振自告奋勇地上台汇报，他是中国最大的地铁公司经理，去年派出的由二十人组成的小分队，仅仅用了三星期，打通了从大陆到台湾的地铁。高速悬浮列车，从北京到台湾只需十分钟。

郝老师要我说说，我高兴地走上台，介绍道："我的公司是亚洲最大的电力公司，我在珠穆朗玛峰成功地建成了'东方一号'、'东方二号'两个世界一流的超级雪力发电站。积雪每时每刻变化时发出的能量，再转变为电能，利用取之不尽用之不竭的雪来发电，使其他所有火力发电厂全部关闭，减少大气污染。"说完，我将礼物——诺贝尔物理奖奖章送给郝老师："郝老师，这奖章是学生对您辛勤培育的感谢！"

听了同学们的一一汇报后，郝老师扫视了全场英姿焕发的同学们，高兴地说："同学们，下个教师节，我要回地球看看祖国的新面貌，看看你们！"我带头鼓起了掌，雷鸣般的掌声飞出教师新村……

文/季 康

感谢老师的恩情

这个世界上有一种人，不是父母，却如同父母一样关爱着我们。在我们跌倒的时候，他们会温柔地向我们伸出双手；在我们哭泣的时候,他们会轻轻地为我们擦去眼泪,他们就是我们的老师。

故事中的同学们为什么要从各个地方赶到火星去探望老师呢?就是因为他们的成长与成功都离不开老师对自己的支持和培养。你还记得老师在灯下批改作业的身影吗?你还记得老师在你比赛时的每一句鼓励的话吗?你还记得在自己生病时老师的关怀和问候吗?老师的爱总是表现在不经意间,但却是无处不在。

在未来的世界里也许会有"青春素"帮我们把老师的青春留住,但我们对老师的感谢不应只放在未来,而是应该从现在就去做。老师对自己学生的希望其实总是很简单,只要我们每天都能好好学习,多做一些有益于自己、有益于别人的事,多为祖国的建设出点力,这就是对他们最好的回报。不要只在教师节的时候才会想起老师对我们的好,多向他们说声感谢,多做点让他们高兴的事情,做一名值得老师骄傲的学生。

赏析/黄　棋

最后一个癌症死者

主人公舍弃了救活自己的机会,把最后一支 TATA 给了受人们爱戴的女医生也是他的前任女友。

受患者尊重的女医生韩菁被送进了癌症病房。她的爱人刘绪从千里之外赶来探望,却遭到了拒绝,这是怎么一回事呢?

七年前，刘绪是肿瘤研究所的研究生。那时候，所长冯灼博士和助手伍云，以及伍云的女朋友、冯灼的侄女冯娟等人，正在进行攻克癌症的研究。救死扶伤的共同理想，把刘绪和韩菁紧紧地联系在一起。一天晚上，韩菁邀请许多同学到她家作客，准备当众宣布她和刘绪订婚的事，可是，刘绪突然接到冯灼博士的通知，要他十万火急立即返回研究所。在无可奈何的情况下，刘绪给韩菁下了"准时赶回"的纸条，便不告而别了。

原来冯灼博士已患了癌症。经多年考察，他已看穿了伍云这个人，毅然决定由年轻的刘绪接替他的工作。冯灼博士告诉刘绪，很早以前，他就发现鲨鱼从来不患癌症。人和鲨鱼的细胞中都有脱氧核糖核酸（DNA），一旦 DNA 螺旋链上的核苷酸排列被打乱，人就会得癌症。在鲨鱼细胞中，DNA 上的核苷酸排列顺序虽然也会被打乱，但它产生的下一代细胞却仍是正常的。经过五十年的研究，冯灼博士终于揭示了其中的奥秘：鲨鱼细胞中有一种特殊的化合物，能修复损坏了的DNA，这就是"鲨鱼 TATA"。在弥留人间的三天时间里，冯灼博士通过电脑将自己的全部研究成果和知识，毫无保留地传授给了刘绪。

现在，放在刘绪面前的任务是分析鲨鱼 TATA 的分子结构，并进行人工合成。决心献身这项崇高事业的刘绪，违心地写信告诉韩菁：我并不爱你，忘掉我吧。

眼看接班的愿望破灭了，伍云十分嫉妒刘绪。他居心险恶地挑拨韩菁和刘绪的关系，灭绝人性地用 X 射线照射刘绪，使之患上了癌症。

经过五千多次失败，刘绪花了六年多时间弄清了鲨鱼 TATA 的分子结构，第一批十支抗癌制剂 TATA 终于提炼出来了。在抢救严重癌症病人中，这些制剂显示了巨大的威力。

这时，韩菁已为病人献出了全部精力和健康，癌症使她病倒在床上。组织上决定让刘绪带上最后一支 TATA，立即赶去抢救。临走前，刘绪叮嘱冯娟，一定要保证研究资料的安全。

可是，狡猾的伍云却乘机窃走了研究资料，他欺骗冯娟，和她一起乘着水翼快艇，准备逃出国境。冯娟发现伍云的阴谋后，和伍云展开了一场搏斗。研究所的同志及时赶到了，这个奸诈之徒终于受到了应有的惩罚。

因多处癌扩散而昏迷不醒的韩菁，注射了最后一支TATA以后，奇迹般地复活了。可是，因为第二批抗癌制剂未能及时提炼出来，刘绪却成了最后一个癌症死者。

文/佚 名

爱的奉献

大家都知道诺贝尔为了研究炸弹而炸聋了耳朵，爱迪生为了搞实验而被炸聋，居里夫妇为寻找镭而得癌症……历史上记载着许许多多科学家为人类事业而不惜奉献的事迹。

本文写的也是这种情况，主人公刘绪为了全人类的利益，不惜放弃爱情，甚至还冒着牺牲生命的危险，投身与攻克癌症这项伟大事业。工夫不负苦心人，终于，第一批抗癌制剂TATA提炼出来，但由于这批试剂数量有限，主人公舍弃了救活自己的机会，把最后一支TATA给了受患者尊重的女医生也是他的前任女友。这种毫不利己专门利人的高尚品德永远值得我们学习。

一开始我都会思考为什么女医生拒绝刘绪的探望？带着这种好奇心往下看，谜团终于得以解开。在故事的结尾主人公的死去，才是全文令我感动不已的地方，明明可以救活自己，却为了救别人而牺牲了自己。这样的结局使主人公的形象得到升华。

不知道你是不是也被此文深深地感动着呢？

赏析/李福盛

第五辑　月亮上找到你的笑

　　月亮上到底藏着些什么呢？广寒宫里的仙子、调皮的兔子、高高的树和一直在刨树的吴刚？我们从第一次见识到月的皎洁，就在心底让疑问的种子慢慢地扎根。银辉触目可见，光洁伸手可及，但我们从来没有亲手揭开月亮那层没有开始也没有结束的面纱。当疑问开花的那天，是传说中的嫦娥抱着玉兔来看我们？还是我们用梦想作船载着疑问过去？登月登月，飞翔飞翔，在我们的双脚还不能到达之前，可以心向往之……

微笑

绽放在你脸上

温柔在我心里

第三次突破

只有善于观察,勤于思考才能发现生活中的科学现象。

　　植物保护研究所病虫害老专家赵明晚上突然失眠了。他在从事植物保护研究的道路上,已经有了两次重大突破。第一次是三十年前他发明了"灭虫灵",杀死了许多害虫,保全了大片庄稼。结果因发现"灭虫灵"对环境有污染而被停止使用。第二次是十年前,他发明了一种新的治虫方法,并培育出水稻螟虫的天敌黄眼蜂,再一次保护了大片大片的庄稼。但今年的水稻病虫特别猖獗,赵明培育出来的黄眼蜂已不能有效对付二化螟的危害了。为此,赵明焦急万分,决定到乡下观察点去摸摸情况。

　　赵明一到观察点,就和他的学生曹小波下田进行实际调查。这一老一少在通往试验田的小路上走着,赵明不断地询问治虫的情况,曹小波提出能不能跳出生物治虫方法的框框。赵明平时很欣赏曹小波的丰富的想象力,现在听这么一说,感到他的想法不切实际,尽管他懂得搞科学需要幻想的热情,但他更赞成实干,很想提醒提醒曹小波,但为了不影响他的积极性,便向曹小波表示,待今年治虫工作结束后再研究他的设想。

　　收割季节快开始了,赵明结束了自己历时最长的一次实地考察,兴致勃勃地回到了研究所。正当他整天躲在房间里查阅各国治虫资料时,他那个学物理的女儿赵莉,为了赵明的健康,硬拉他去听音乐会。

赵明虽然身在音乐厅,可心却老想着治虫的事。忽然,他觉得有个什么东西在眼前晃动,便睁开微闭的双目,仔细一看,是一只蜘蛛正沿着它吐出的丝往上爬,突然又跌落下来,此时乐曲正好进入一个高潮。赵明对这种现象非常感兴趣,仔细观察了好久,终于发现蜘蛛从上面跌下来和音乐的节奏和音响的强度有关。每当鼓乐齐鸣时,无论蜘蛛爬得多高,都要掉下来。赵明感到这怪现象无法理解,问了问身边的女儿,才知道这是共振现象。原来蜘蛛体内有一个固定频率,每当乐声高亢的时候,乐章的频率和蜘蛛体内的固有频率完全相同,于是就发生共振,把蜘蛛震了下来。只是这个共振的强度还不大,否则蜘蛛就会被震成肉浆。

女儿的解释,使赵明忽然想起了曹小波曾向他提出过的非生物治虫的方法。于是,他未等音乐会结束,就立即回家给曹小波打电话,接着,便和他一起研究非生物治虫的事情。

不久,一台"次声灭虫器"诞生了,并在实地试验中取得了理想的效果。用次声共振治虫的消息通过电波传到了各个角落。新闻记者纷至沓来,赵明、曹小波、赵莉三个主要设计师的照片一登再登,连蜘蛛的启示也被作为佳话在科学界广为流传。赵明在病虫害防治方面作出第三次突破后,老当益壮,又在生物物理这个新领域里,和曹小波开始了下一个项目的研究。

文/尹 尹

见惯亦怪

大家都习惯了见惯不怪,熟透的苹果肯定会掉到地上了,这有什么好奇怪的?牛顿却发现了万有引力。很多常人的习惯思维束缚了人们的发现。

《第三次突破》这一篇文章中并没有太多曲折离奇的情节,作者叙述植物保护研究所病虫害老专家赵明在病虫害防治方面的三次突破。作者着重记叙他的第三次突破,通过"次声灭虫器"诞生的经过揭示了一个道理——只有善于观察,勤于思考才能发现生活中的科学现象。

赵明老专家能有第三次的突破全归功于他对事物的细致观察,在和女儿去听音乐会的时候,他心系虫害的事,根本对音乐没有兴趣。但他却发现了一个怪现象,在他面前有一个蜘蛛在晃动,每次音乐高亢的时候,蜘蛛就会在它吐的丝上掉下来。

蜘蛛的掉落在别人眼里一点不稀奇,却引起了赵明的注意,这就是他能有第三次突破的最大原因。从女儿赵莉的解释中,赵明得到了启示,共振能把蜘蛛震落,也就可以利用这一现象把庄稼害虫震死。在这一思想的引导下,赵明和他的学生曹小波一起研究出了"次声灭虫器"。作者就是从这一事件中巧妙地告知我们,不要什么事都见惯不怪,只有善于观察,勤于思考的人才能发现生活中的科学现象,见惯亦怪,方能有所作为!

所以我们也要学会细心观察,见惯亦怪。

赏析/林　枫

会说话的手表

岳宏刚要开小差,耳边忽然响起爸爸严厉的声音:"你为什么不抓紧时间做作业?"

岳宏已经是小学五年级的学生了,但还是管不住自己。上课时,他思想老是开小差。放学回家的时候,他决心管住自己——马上回家去做作业，可是一看到树上的喜鹊窝，便爬上树去摸喜鹊蛋了。

岳宏的爸爸是脑神经研究所的副研究员。这天，他下班回家，给岳宏带来了一顶漂亮而古怪的运动帽，帽顶上有个金属小扁盒，从里面通出来几条金属丝，编织在帽子四周。第二天，岳宏戴着这顶帽子去上学了。

三天以后，爸爸让岳宏戴上一只配有金属表带的特殊"手表"，它没有时针、分针，也没有跳动的数字。上语文课时，老师让大家抄写成语。岳宏刚要开小差，耳边忽然响起爸爸严厉的声音："你为什么不抓紧时间做作业？"于是，他便认认真真地写起来。上算术课时，岳宏又走神了。这时爸爸的声音又在他的耳畔响起："上课注意听讲！"岳宏一愣，赶快集中注意力听讲。这一天，岳宏破天荒地第一次管住了自己。

为什么爸爸一直跟着我呢？中午放学回家后，爸爸指着岳宏手腕上的"手表"说："是它在跟着你。这个'手表'里有个微型电脑，我已经把我的一些话转变成电讯号，储存在里面。在需要的时候，它会选择适当的话（即电讯号），以生物电流的形式传输到你的大脑里去，使你感到是我在说话。别人没有得到这样的生物电流，便听不到这话。"

岳宏拍着手说道："爸爸，你给我的那顶怪帽子，是专门测量我的脑电流的，看我思想开小差时脑电流是怎样的，你好在那个时候让'手表'里的电脑把电讯号以生物电流形式传输到我的大脑里，使我感到是你在说话。"爸爸笑了，他说："不过，你要尽量争取早些把那'手表'摘下来。因为做一名好学生，一定要养成学习的自觉性，不能靠别人督促。"

文/郑济元

做个自觉学习的好学生

小学生岳宏上课时思想老是开小差，戴上了爸爸给他的一个会说话的"手表"后，就能集中注意力，能管住自己了，因为这个"手表"可以像他爸爸那样经常督促他。

但是，我们在学习的时候可不能像岳宏那样，我们最重要的是要自己管住自己，而不能一味靠别人监督。养成自觉学习的好习惯，才是学习的好方法。如果你平时像岳宏那样上课时思想老是开小差，经常要别人督促你才能学习，那么，一旦离开了别人监督，你还能学到知识吗？要知道，别人可不能总是在你身边守住你学习啊！所以，我们从小就要养成一种自觉学习的好习惯。

如何做到集中精神上课，做到自觉学习呢？上课时，如果你思想开小差了，你要想到你的父母亲好像就在身边看着你，你就要不断地暗示自己：我不能开小差，我是可以做到认真听课的。在平时的学习中，如果你不能自觉学习了，你也要不断鼓励自己，给自己打气。试试吧，小朋友，或许真的有用呢。

赏析/陈耀江

外星人快来

走在路上的大雄，正念叨着："外星人快来，……"忽然觉得自己被一根发光的管道吸到了飞碟里，然后就什么也不知道了。

大雄长得不算高也不算太矮，健康、淘气，跟别的孩子没有什么两样。可就是每次考试总是全班倒数第一。同学们都叫他"大笨熊"。这使大雄觉得很没面子。

大雄想:哼,要成绩好还不简单,找外星人给我输一点"智慧能量"不就行了!

大雄听过很多关于外星人的故事。他知道,外星人就坐在神秘的飞碟里,在全世界的天上乱飞,不过,一般人都看不见他们。大雄还知道:和外星人联系的方法,就是不停地发射脑电波。于是,大雄早也念,晚也念,随时随地都在叨叨:"外星人快来,让我变得聪明一点儿!外星人快来,让我变得聪明一点儿!……"

有只飞碟里的几个外星人,真的收到了大雄的脑电波。他们正在研究地球人。他们觉得:地球人聪明的太少。他们决定帮助大雄。根据脑电波,他们清楚地知道大雄是个男孩,长什么样子,在什么地方。飞碟马上就飞到了大雄的头顶上方。

走在路上的大雄,正念叨着:"外星人快来……"忽然觉得自己被一根发光的管道吸到了飞碟里,然后就什么也不知道了。

大雄醒过来,发现自己已经躺在床上,妈妈说:"你这孩子真能睡,快起床!要迟到了!"

从这天开始,大雄的学习成绩变得特别优异:老师刚刚提问完毕,大雄就回答正确!老师在黑板上刚写完算式,大雄就能写出正确得数;每次考试,不用说,总是全班第一。老师和大雄的父母都非常惊讶,简直不敢相信这就是以前那个大雄。同学们也佩服得不得了,从此,都不叫他"大笨熊",改叫他"大英雄"了。

当上"大英雄"的大雄十分得意,走路时总是仰着头,鼻孔朝天。不是叫这个"笨蛋",就是喊那个"蠢货"。有一天上学,他叫住同学小胖:"小胖,快来替我背书包呀!"小胖问:"为什么?""因为我是鼎鼎有名的'大英雄'嘛!大英雄总不能自己背书包呀!"小胖说:"那好吧。"后来,大雄每天都叫同学替他背书包。

一次,唧唧老师来上数学课,刚写完要讲的标题,大雄就对老师说:"嘿!唧唧老师,你不用讲了,我早就会了!还是让大家来听我讲课,我讲得比你好得多!"老师和同学们都说大雄太骄傲了!

大雄知道一定是外星人给了他智慧能量,他想:"外星人也没什么了不起,我以后会比外星人还聪明!"

其实,外星人是在大雄的脑子里植了块儿芯片,释放智慧能量。

然后,他们一直跟踪观察。他们发现大雄很快就变坏了,于是得出结论:"地球人太容易骄傲了,不能给他们'智慧能量'!"于是,他们就找了个机会,悄悄把大雄的芯片收回去了。

被收回芯片的大雄又变回了"大笨熊"。他再怎么叨念"外星人快来,让我变得聪明一点儿!"也没有用了。

文/陈晓虹

骄傲是我们的天敌

骄傲是愚人的特征,自满是智慧的尽头。无论你是天之骄子还是"大笨熊",一旦你骄傲了,将会祝福无门至,风云不测来。大雄原本也是十分虔诚、天真的,可是自从他脑子变得聪明了,整个人也随之变得高傲无比。他把自己的快乐建立在别人的尴尬之上,学会了藐视他人。这是多么可怕的转变呀!

我们要想走上成功的道路,就先要远离胜利的敌人——骄傲。身有骄傲,一事无成。当我们成绩显赫时,更要平易近人,千万不要让骄傲沾身,使自己与朋友之间的距离疏远。我们要时刻铭记"傲不可长,志不可满,乐不可及",因为傲气大了栽跟头,架子大了没人理呀!

赏析/许 琦

记 忆 博 士

遗忘是一门艺术,是经过了风雨的洗礼
后重生的力量。

就业咨询指导者失去了其职业所特有的平静态度,突然变得恼怒起来。"像你这样受过良好教育的人,"他说,"一定能找到工作的,博士。战争并没有把所有的人都变成野蛮人!自从核战争结束以来,对教师的需求量增长了上千倍。"

米厄姆博士的身子往椅背上一靠,叹了口气:"你不知道,我不是一般的教师。对我的专业领域,目前没有任何需求。然而,人们还是需要知识,他们需要知识来重建这个被战争破坏殆尽的世界。他们要知道怎样成为泥瓦匠、建筑工人和技术人员;他们想知道怎样重建城市,使机器重新运转;他们要学会清除核辐射的残余和如何清理尸体;他们还要学习怎样为战争中失去手脚的人制造假肢;教会因战争失去双眼的人怎样自理生活;怎样使因战争恐惧而变疯了的人恢复理智;怎样训练因战争伤残的人能正常生活。他们需要的是这方面的知识,这你比我更清楚!"

"那你的专业知识呢,博士?你认为没有人需要你了吗?"

米厄姆博士突然爆发出一阵大笑:"我并不这么看。我做过努力,让人们关注我的专业知识,但他们不需要我。二十五年来,我一直从事训练人们记忆力的工作。我出版过六本书,其中至少两本成了大学的教科书;停战后第一年,我做了一个八周记忆力培训速成班的广告，但只有一个人来问询。可是培训记忆力是我的专业，我的职业。我怎样才能在这个充满恐惧和死亡的世界里找到工作呢？"

就业咨询员咬了咬嘴唇，这确实是个难题。直到米厄姆博士离开，他也没有找到答案。接见结束，他注视着博士弯着腰、拖着沉重的步伐走出房间。他为自己无法为博士找到出路而深感绝望。那天晚上，他像往常一样从噩梦中惊醒，他想着米厄姆博士的事。到早上，他总算想出了办法。

一个月之后，在政府办的报纸上登了一则广告，应者如潮。

雨果·米厄姆博士
举办"健忘的艺术"八周速成班
九月九日开始报名

文/[美]亨利·斯莱瑟

学 会 遗 忘

雨果·米厄姆博士一直从事训练人们记忆力的工作，并取得重大的研究成就，可是在战争过后，却找不到发挥的地方，唯有求助于就业咨询指导者。指导者想既然博士可以使人的记忆力提高，当然也可以训练别人遗忘。他这个想法为博士找到了理想的工作：教人学会遗忘。

人生不如意事十有八九，更何况是刚刚经历了核战争带来的伤害，人们更想遗忘那些暴力和野心带来的伤害。即使家园可以重建，残缺的肢体可以尽量用科技弥补，但是精神上的痛苦却是难以消除的。难怪大家对提高记忆力的知识不感兴趣，连学识渊博的博士也要失业了。

遗忘是一门艺术，是经过了风雨的洗礼后重生的力量。它能让人忘记丑陋的过去，忘记痛苦的折磨，忘记别人带来的伤害，忘记一切能够带来痛苦的记忆，重新振作起来。也只有在伤痛过后,学会遗忘,才能忘记所有的仇恨,让善良和爱心重新充满胸臆。

赏析/韩文亮

闹 钟 传 染

让卡通书、小昆虫和蚕宝宝回到孩子身边吧,禁锢孩子的兴趣,只会压制他们的健康成长。

罗小贝就喜欢蹲在厕所里偷偷地看各种课外书。

这不,第一堂课刚下,小贝就钻进厕所,迫不及待地从怀中掏出一本今早在上学路上才借到的卡通书,一屁股蹲下去,就忘记了厕所的气味、同学的吵闹,还有上课的铃声……

待同班的马小海发现他——小海也来上厕所,拉开了小贝的厕所门——已是第二堂课下课了。自然,气得五(6)班的班主任柯老师暴跳如雷,马上让蹲得双腿麻木的小贝立即回家请家长。

小贝从幼儿园起,看卡通书的劲头就达到了不想吃饭的地步,惊得爸妈的舌头伸得老长。于是,从上一年级起,爸妈就为了他的学习、为了他的光明前途,把卡通书画报等列为禁书,于是小贝就成了现在这副不争气的模样……

小贝的妈妈又气又急,软硬兼施,却效果不佳。万般无奈之下,只好向在国外留学的弟弟——小贝的舅舅发出了求援信。

小贝的舅舅对小贝这个不争气的外甥也没太多办法,但他有外国的高科技产品撑腰——舅舅特意给小贝寄回了一个智能闹钟。

从此,这智能闹钟就整天挂在了小贝的脖子上。只要小贝在厕所里蹲得太久,智能闹钟就会发出尖锐的铃声,你想关也关不了!你如果立即起身出来,闹铃自然消失……

一个月下来,小贝的学习成绩果然提高不少。

接下来,在五(6)班的家长会上,柯老师将小贝大大赞扬一通后,将小贝脖子上的闹钟摘下来,向所有家长展示、推广:

"这种闹钟不错!为了更利于同学们的学习,我希望所有家长尽量给每个孩子买一个,因为他们都有贪玩的不良习惯。"

坐在柯老师近旁的小乙爸爸,迫不及待地从柯老师手上"抢"过智能闹钟,边翻来覆去地打量,边自言自语:

"不错,嗯,确实不错,只可惜我没有在国外留学的亲戚……"

小英妈也忙不迭地接过闹钟;

小龙妈妈更是像看西洋镜一般地捧过来……

一堂家长会,变成了智能闹钟传阅的传阅会。

家长们自然都梦想自家有个智能闹钟。

小乙爸开家长会回来的第二天中午,一家三口正在睡午觉。忽然,小乙睡房里的闹钟响了起来。小乙爸被吵得一蹦而起,一看手表:

"小乙,明明还没到上课时间嘛,怎么闹钟就响起来了?!小乙!"

小乙没应声。小乙爸睡意蒙眬地走进小乙的房间。

小乙不在床上,闹钟还在尖锐地叫着。

"鬼崽子,哪儿去了?"小乙爸说着,顺手去关闹铃,却怎么也关不住。

"搞什么名堂,闹钟又被这小鬼摆弄过了。"小乙爸只好去找儿子。

小乙从小爱摆弄各种电器。小乙现在装配的一些电器小玩意,小乙爸根本不会摆弄。所以,现在他只有去找儿子了。

小乙爸终于在杂物房找到了他。只见那部早退休的黑白电视机又被小乙拆得七零八落的。蹲在地上、忙得满头大汗的小乙,压根儿没觉察到老爸已撞进来揪自己的耳朵了。

"鬼崽子,又在这里……快去关你的闹钟,快去午睡,下午还要上课啦……"

可当小乙爸揪着小乙的耳朵走进房间时,闹钟竟自己熄声啦!

真怪! 小乙爸弄不懂了。

小乙也弄不懂:好端端的闹钟怎么无故响起来,惹得老爸来揪自己的耳朵呢?

与此同时,小英家的闹钟也兀自响起来,关也关不住。当小英妈找到偷溜出去喂蚕宝宝的小英时,闹钟也自己熄了声。

小龙家的闹钟响起来时,小龙已溜出家门,蹲在墙根下看一窝黑蚂蚁和一窝白蚂蚁打群架……

原来,凡是摸过小贝智能闹钟的家长,他们家的闹钟都传染了智能闹钟的功能——对孩子们的"不务正业"进行及时的测报。

家长们欢喜不已,孩子们叫苦不迭——五(6)班的同学,从此整日痛苦地生活在闹钟的密切监督之下。

期中考试,五(6)班打了个大胜仗——全班平均分数由原来的年级组第四名飞跃到第一名!

柯老师喜得眉飞色舞。她多么感激小贝那能传染监测功能的智能闹钟哟。

县教育局组织的"素质教育全能抢答赛"又如期举行了。

柯老师喜上加喜,因为她教的这个班,以前可是县里鼎鼎有名的全能抢答冠军班呀。她信心十足地将昔日的老将们派上"战场"。

全能知识抢答赛上。

老师问:战场上,为什么士兵得服从将军的命令?

小贝抢答:因为蚂蚁和蚊子它们不服从将军的号令。

老师问:为什么收音机能收听到远方的音乐?

小乙抢答:因为收音机太小,歌唱家钻不进去,就只好收听远方的音乐了。

老师问:为什么蚕能吐丝?

小英抢答:因为蚕吐不出一百分的试卷来,就只好吐丝了……

毫无疑问,这次五(6)班的抢答老将,为班上争了个全县倒数第一名!

同样得了"批评奖章"的柯老师,一气之下买走了小贝的智能闹钟。

也真怪,从此,五(6)班其他同学家的闹钟又恢复了正常。

这样,罗小贝又开始看卡通书了,不过,他再也不用蹲在厕所里偷看了;小乙不但大胆地拆自家的各种小电器,还在学校组织电器兴趣小组;小龙成立了校园昆虫活动小组;小英竟办起了校园小养殖园……

小乙告诉我:同学们都受过智能闹钟的苦,但他们都很感激智能闹钟。

很遗憾,我自小没能让智能闹钟苦我一回,所以,我一个大人还没小贝读的课外书多,文章自然也没小贝写得棒——如果这个故事让小贝来写,也许会写得更好!

文/谢长华

不要禁锢孩子的兴趣

智能闹钟及时向家长测报孩子们的"不务正业",让大家整日痛苦地生活在闹钟的密切监督之下,只能学习,不能做其他的事。孩子的学习成绩虽然得到了第一,但是全能知识抢答赛却得了倒数第一。这是因为闹钟虽然让孩子们规矩学习,是一件好事,但却同时限制了他们活动的空间,让他们的兴趣无法发展,无法从课外吸收知识,没有动手的能力,也没有想象力,IQ当然也退步了。这些课外知识孩子们又怎么能回答得出呢?

为什么上课不光有语文、数学、英语,有劳动课,也会有第二课堂呢?就是为了培养孩子德智体美劳全面发展。只会学习的学生是死读书的孩子,以为试卷上的分数就是代表了人的智力,却学不会动手做学习之外的事,成了一个没有其他能力的人。根据有关资料显示,中国的孩子比起外国的孩子,动手能力很差。这都是因为外国的孩子从小就培养动手的能力,而中国的孩子在独立思考、动手实践方面的培养相对欠缺。所以让卡通书、小昆虫和蚕宝宝回到孩子身边吧,禁锢孩子的兴趣,只会压制他们的健康成长。

赏析/李盛欢

第四态炸弹

如果发明出了冰晶，那么，我们就可以
拿它来对付火魔了，我们就可以挽救很多的
生命，就可以……就可以……

　　罗博士是著名科学家，他喜欢做各种各样的小实验，经常研制出一些古怪的小发明，最近他又在忙了。

　　相信每个人都知道，水只有气、液、固三种状态，但近来罗博士却研制出水的第四态，它的外表像冰一样，但无论熔点和密度都比冰大得多。这个消息一出来，马上震惊了全世界，各个新闻媒体都想采访罗博士，罗博士却只顾着做实验，所有的采访一概不理。

　　没办法，只好请他大学时代的好友李市长出马了。李市长到实验室时，罗博士正在做实验，看到老朋友来了，也只有陪着李市长聊聊天了，其实罗博士也不是那么没有人情味的。

　　"老朋友，你最近名气可真大啊！怎么样，能给我介绍一下你的最新发明吗？"李市长对科学也是很感兴趣的。

　　"当然可以。"罗博士笑笑，"记得大学时你还是分子物理学的高材生呢，这个发明的原理对你来说并不复杂。"罗博士顿了一顿，继续说："我们都知道，在水的常见三种形态中，其实只有水蒸气是以单个水分子存在的。在液态和固态的水中，水分子都是由氢键结合，以聚合物的形式存在，低度的聚合就成了水，高度的聚合就形成了冰。而我所做的，就是把冰中水分子的聚合度再提高。"

"嗯,这不难懂。"李市长点点头,"关键是你怎样做到的?"

"我想办法令水分子间的距离缩小,这些小家伙就出来了。"罗博士神秘地笑了笑,从冰柜里拿出几颗杏仁般大小的晶体递给李市长,说:"我还没有给它们起名字,暂时叫它们冰晶吧,它们的密度大约是水的两倍,熔点比水的沸点略高,常温下能一直保持着这种状态不溶化。"

"哦,这么厉害。"李市长笑着,仔细打量着掌心玛瑙般剔透的晶体。

就在这时,门外有猛烈的撞门声。他们还没反应过来,三个蒙面人已经拿着枪冲了进来, 他们用手枪指着罗博士大声喝道:"把手举起来!靠着墙!不准动!"他们没有办法,只好照办。蒙面人把他们捆了个结结实实,然后就在实验室里翻箱倒柜。

忽然,一个蒙面人高兴地大叫起来:"在这里,我找到了!这次我们发财了!"说着从冰柜里把剩下的冰晶全部装进了口袋里。接着一声口哨声响起,三人消失在茫茫的夜色当中。

罗博士好不容易挣脱了绳子,连忙帮李市长将绳子解开。李市长很生气:"岂有此理,竟然敢在我眼皮底下抢劫,真是无法无天了。我一定要把这帮家伙抓回来。可是他们到底是什么人,抢冰晶干什么呢?"

"我想他们只是一般的亡命之徒,很明显,他们想把我的新发明倒卖出去赚钱。不过你放心,他们逃不掉的。你现在派人去医院就一定能把他们抓住。"

"什么?"李市长以为自己听错了。

"快点去吧,回来我给你解释。"罗博士一脸自信。

一个小时后,李市长兴冲冲地回来了:"嘿,真有你的,我刚带人到医院,只见三个家伙被炸得焦头烂额,还一个劲地打寒战,快告诉我,他们到底发生了什么事?"

罗博士从冰柜暗层里拿出一颗冰晶递给李市长:"你扔在地上试试看。"

李市长疑惑地拿过冰晶,试探着把冰晶往地上轻轻一扔,没想到在"啪"的一声巨响后,冰晶竟然像炸弹般爆炸开来,落地处笼罩上一层迷蒙的水雾,空气中弥漫着淡淡的火药味,同时一股刺骨的寒气扑面袭来。

李市长惊愕地张着嘴巴半天都合不上:"我的天,你在里面加了什么?"

罗博士说："这是我最新的研究课题。有一天我突发奇想，把硝化甘油溶于高压水会产生什么效果，结果就是你现在看到的样子。"

李市长笑了："就像当年诺贝尔研制炸药？"

罗博士不好意思地挠了挠头说："从某种意义上相似。你知道，硝化甘油极易爆炸，刚才那三个家伙拿去的就是加了硝化甘油的冰晶，他们跑起来冰晶受到震动就会发生爆炸。冰晶爆炸时水由固态变为气态，要吸收大量的热量，所以他们才会不停地打寒战。"

"哦，那照你的说法，它不正是一种灭火的良剂吗？"李市长很兴奋地问。

"没错，相信不久的将来，火魔再也不能到处作恶了。"实验室响起罗博士爽朗的笑声。

文/谭锡根

战胜无情的大火

看完全文后，我们不禁为三个抢劫犯被冰晶炸得焦头烂额，还一个劲地打寒战的遭遇而暗暗偷笑。是啊！本来罗博士发明冰晶是为对付火魔用的，他们竟偷去想为非作歹，活该他们受罪。

真的希望在不久的将来，我们能发明出这种类似于冰晶之类的物品来对付无情的大火。有时候，火的确不是一个好东西，它可以把一个个活生生的人烧得痛不欲生；它可以夺去很多无辜的人的生命，使得很多人无家可归；它能把长满树木和花草的山烧成光秃秃的一片；它能把一个富有的国家或家庭烧得贫穷……但很多时候，我们却拿这些火魔没办法。如果发明出了冰晶，那么，我们就可以拿它来对付火魔了，我们就可以挽救很多的生命，就可以减少很多人的痛苦，就可以使青山永远都葱葱郁郁，世界就会少了很多火灾。

大火无情，但我们人间有情。我们都生活在同一个地球上，无论哪里、无论谁遇到了火灾或其他的灾难，我们都应该伸出援助之手，小朋友，我们也要用我们的爱心去减轻世间的灾难，哪怕你只能出一点点的力。

赏析/陈耀江

月亮上找到你的笑

笑恐怕是人们最自然的表情了，它能让一个人瞬间绽放美丽的光芒。

做了好长时间邻居了，她和我没说过一句话，甚至没笑过一回。

老师说，要多笑，多练习笑。人类社会越进化，人的身体就越退化，包括身体上的表情，我们的笑容也和尾巴和盲肠一样在渐渐退化。连老师所做的笑的示范，都那么困难。他牵动着有关的肌肉，显得好吃力。

我们同住在一座六层楼房里。她在六楼，我在五楼。我们每天差不多时间出门去上学。我们总是在楼梯上相遇。为了减慢身体的退化，电梯已经禁用，我们必须步行上下楼。

这座楼里有六个每天差不多时间出门的学生。只有我一个男生。在楼梯上我默默地遇见五个默默的女孩。想和她们打招呼的念头是有的，但就是没机会。机会会有的。因为，也许她们等着我去打招呼，也许等着让我一顿臭骂。

不知过了多少次，有一次，我经过四楼时，和四楼的女孩一起下楼。我看见她穿着花裙子。有一只大苍蝇叮在她的裙子上。我想这苍蝇很快会飞走的。但到了三楼,苍蝇还没飞走。到了二楼,苍蝇还没飞走。到了底层,我就忍不住挥了挥手。

四楼的女孩觉察到我的动作,回过头来问:"你干什么?"

我说:"帮你赶苍蝇。"

"苍蝇赶走了吗?"

"没有,它还在那儿。"

四楼的女孩就笑起来了。我这才体会到,笑实在是一种退化了很可惜的表情。四楼的女孩并不好看,而笑比任何化妆品都管用。

只是我不知道她为什么笑。

四楼的女孩就给我解释,她的裙子采用了先进的全息印染技术,把苍蝇印得很立体、很逼真,所以骗过了我的眼睛。

"可是,"我不明白,"花朵应该配蝴蝶,不应该是苍蝇呀!"

她说:"你不懂,眼下就时髦这个。"

虽然我至今还是不懂时髦,但那假苍蝇带给我真的成功。从此,我在楼梯上遇见四楼的女孩,就可以互相点头微笑,有时还能聊上几句呢。

但在其他女孩那儿,我还是没法打开局面。

直到有一天——楼梯上响起警报声。按照世界卫生组织的统一规定,我们每个人都需佩戴传染病警报器,那玩意儿就跟古老的 BP 机一样,插在腰间,一接近传染源就嘟嘟作响。当时楼梯上只有我和二楼的女孩,两人一前一后,一时弄不清是我的响还是她的响。

到底还是我的响。那么也就是说,传染病在她身上。她就挺难为情,我看见她脖子红了。

使她难为情的警报声还在不停地响着。要让警报不响,我只需暂停脚步,等她向前走,拉开安全距离。但那样好像太不男子汉了。我就伸手关闭了警报器,并硬着头皮紧随她身后。

二楼的女孩似乎有点感动了。她说:"不好意思,我感冒了。"

"没什么,"我安慰她,"我也会感冒的。"

她说:"下次你感冒,我也关掉警报器。"

我说:"谢谢。"

她就笑了。

和三楼的女孩取得进展是在学期快结束的时候,考语文的那天早上。

我听见她一边下楼一边还在背诵:"二十世纪的伟大坐家(故意设计,请勿改成"作家")周锐,生于一九五三年一月二十八日凌晨两点零三分……"

我就忍不住纠正她:"是三点零二分。"

"就算是三点零二分吧,"她说,"不过这种题目不一定考的。"

"难说。越是冷题越要提防。我还找了介绍周锐生平的课外书做参考,那上面说周锐刚出生就能坐起来,所以他当作家是有天赋的。"

当天考完回来,三楼的女孩对我佩服得不得了,考题中果然有这么一道——为什么说周锐是有天赋的坐家?

我很少遇见一楼的女孩,因为她和我的共同"楼程"几乎等于零,一出门就是停机坪,大家匆匆登机,又匆匆飞往各自的学校。

只有一次,太匆忙了,我和她的直升机在升空时相撞。是我撞了她。但她立刻又更重地撞了我一下。

我朝她喊:"我不是故意的!"

她说:"我是故意的! 你要是觉得吃亏了,你再撞我好了! "

我这才知道,她是喜欢撞来撞去的。好在未成年人的飞机上都裹着橡皮碰碰圈,怎么撞都撞不坏的,我们就在空中大撞特撞起来。每撞一下,她就爆炸一样地笑,仿佛她的笑是被紧紧封着,要撞开一个裂口才能释放出来。

但六楼的女孩似乎更文静些,不喜欢碰撞。功课也许更有把握,不会在考试前临阵磨枪。她没有时髦的衣裙,不会有全息印染的苍蝇使我产生错觉。而她又足够健康,我的警报器从来不曾被她激动过。

总之,尽管共同走过的台阶最多,却始终没法改变我和她的陌生。好遗憾。更遗憾的是,不可能有什么改变了。一个气候反常的星期天,我从外面回来,四个女孩告诉我,她搬走了。

第二天去上学,从五楼到四楼,成了我感觉上的一段空白。

暑假,我去参加一个夏令营,是在月球上。

营员们一半来自地球各地,一半来自外星球。为了便于营员间的交流,规定使用统一的宇宙语。好在我的宇宙语成绩不错。一位外星女孩问我：在地球上，女孩要跟男孩打招呼，是不是需要等待机会，这个机会是不是永远都不会到来？我说：对地球上的某些男孩（比如我）来说是这样的。但我不知道女孩是不是这样，因为我不是女孩。正在这时，我忽然吃一惊，我看到了她，我过去的邻居。

她也看到了我，我们互相指着对方，大叫一声："你?！"

接着她笑起来。我也笑起来。在美丽的月亮上。

看她笑成那样，我知道怎样回答那个外星女孩了。

文/周　锐

笑的魅力

在很久很久以前，当人们还没学会说话，表情和手势就是人们交流的工具。笑恐怕是人们最自然的表情了，它能让一个人瞬间绽放美丽的光芒。开心的时候笑一笑，认识新朋友的时候笑一笑，打招呼的时候笑一笑，说再见的时候也笑一笑。笑一笑，十年少。生活的笑容多了，人会觉得更幸福更年轻更有活力的。而整天愁眉苦脸的人，别人也不想靠近，只能每天生活在孤独里，觉得生活没什么意思。

文中的"我"一直努力，想和同楼的五个女孩交朋友，消除互相之间的陌生。而大家的冷漠和沉默，都是在互相关心互相帮助互相体谅之后的笑容中解除的。你看，笑的魅力就是那么大。

笑就像是在传递一种友善的信息，它能拉近人与人之间的距离，消除陌生人的隔膜。俗话说：伸拳不打笑脸人。一个人对着你笑，即使他惹你生气，让你忍不住想打他，可是看见他的笑脸，你那一拳就怎么也挥不下去了。由此看来，笑还能减少暴力。所以，笑的时候就要笑，遇到伤心事的时候也要笑一笑，笑容能很快忘记忧伤，让自己重新振作起来。不要等到脸部肌肉硬化了，那时想笑也不能笑了。

赏析/韩文亮

第六辑　同桌不是外星人

　　座位后面那个酷酷的小强总是谁也不爱搭理,隔个位子的小玲一直能拿年级第一,教室最后一排号称四大金刚的张、王、赵、李,学校的田赛径赛没丢过冠军……我们的同学,每个人都有令人惊奇的本领,就连讲台上不停变换的老师,每一位都像一本词典,无所不知。他们,会不会是外星人呢?如果不是,为什么每个都聪明得令我们感觉怪异,漂亮得让我们妒忌? 一定是,宇宙本来就是一个学校,一个星球就是一个班级……

伸出友谊之手
无论我们,还是外星人或机器人
谁也不再孤单

同桌不是外星人

我们要用自己的爱心去对待每一个人,无论他是来自地球还是外星,当整个宇宙的空间都充满了爱,我们就会有许多许多的朋友。

一艘飞碟降落在我家所在的城市,全国都疯了。

外星人!地球人多少年来一直幻想着与他们相遇的场景:比如说,在茫茫宇宙中,地球人被好心的外星人搭救,还给了他一身超能力;比如说,在漆黑的夜空下,闪亮的飞碟悬停在空中,几个长着爪子脑袋的外星怪客走进了谁家的窗户;再比如,绿皮肤的外星人喜欢吃绿皮西瓜,经常劫持种瓜的老大爷……

今天梦想成真,外星人真的来了,他驾着飞碟,悄悄在城市的广场上降临。他打开飞碟的圆形舱门,露出了他的小脑袋,咦,这,不跟我们地球人长得一样吗?他走了出来,竟然,是个和我差不多大的小孩,十岁,顶多了,但是他黑黑的,脸有些向前突,他羞涩又有些惊喜地看着广场上的人们,人们害怕又有些好奇地对着他翻着黑眼珠。

全国的记者以豹的速度赶来,跑掉的鞋让捡破烂的大爷乐开了怀,记者们纷纷把话筒伸到了那外星小孩的面前:"请问你是外星人吗?""这是出现在地球上的第一艘真正的飞碟,驾驶它你有压力吗?""请问你平时有什么爱好?""请问这双掉的鞋子是你的吗?"……

记者们喋喋不休,外星小孩缄口不答。他深深地呼吸着清凉的空气,眼泪开始向脚的方向飘落。这时候他看到了我,他向我招了招手说:"啊里咕咴嗡着吗叽……"

"拜托,我听不懂!"我急得一头汗,但他还在咿咿呀呀地说着。我手足无措,他开始比手画脚,我还是不懂,他向我扑了过来。我虽然练过三四天武术,但我瘦小的身体还是无法抵挡这个外星小孩的外星扑法,我摔倒在地,同时吓得尿湿了裤子。他扶起了我,拍拍我的衣服,握住了我的手。这时候我看他的眼睛,友好、善良、哀求、信赖,全都有。我一下子明白了,噢,他是想和我在一块儿!"尊敬的外星小客人,"一个记者笑容满面地说,"请问你是来自哪个星球,能介绍一下那里的风土人情吗?"

"是啊,你从哪里来?"我也跟着问。

他不懂,我立刻换用了外语,我问:"妮,虫,拿,梨,来(你从哪里来)?"谁知道他竟然连我的超级无敌外语也不懂。我只好用绝招了:用手比画!于是我手舞足蹈,指了指辽阔的天,又指了指他的飞碟,又指了指他,脸上又做出疑问的样子,我是想对他说:"你指指你从哪儿来的吧!"

他真的看懂了!他伸出了手指,抬头仰望那蔚蓝洁净的天空,摇了摇头,终于,他指了指脚下的土地。"不,不,错了,错了,是要你指指你从哪儿来?"我又是一番比画,估计我要去演哑剧肯定成明星了!没想到他竟然还是指了指脚下的地面,只是他的神情更加坚定了。我实在不明白,我试探着问:"你是什么意思啊?难道是鞋破了,想换一双鞋?"我指着他的鞋问,他摇了摇头。"那你是想带点地球上的土回去?"我指着土,又指着他的飞碟,他又摇了摇头。唉呀,不管了,我实在是搞不清他的意思,算了,不猜了!

但这个外星小孩真的是跟定我了,他牵着我的衣服,说什么也要跟我回家。他的飞碟成了广场上一道独特的风景。我问:"你为什么跟着我啊,飞碟不要了吗?"他又摇了摇头,还是拉扯着我的衣服,然后又拉住了我的胳膊。这时候,旁边的记者已经闲不住地对着摄像头报道了:"本台记者报道,走下飞碟的外星小孩,拉住了这个城市的一个小男孩,说什么也不愿意放手,大家看,镜头靠近,他已经把这个男孩的胳膊拉出了红印!为什么,究竟为什么他和这个男孩这么亲密,请看我的追踪报道！"

外星小孩的话没有人能够听懂，他拉着我的胳膊，仓皇地跟着我。记者们开始采访我了："请问小朋友，你身上搽香水了吗？没有？那为什么他非要跟着你？""请问小朋友，外星人的手粗糙吗？感觉如何？"

不管怎么样，外星小孩还是跟我回了家。我家住在十七楼，但在黑暗冷寂的夜晚，我还是看到了有无数个记者悬在十七楼的半空，举着摄影机向我家拍，我好像真成了明星耶。

第二天……

一夜没睡好啊，还得爬起来上学。唉，刷牙，洗脸，吃饭，上学，外星小孩抱住了我的胳膊，嗯？他晚上躲到哪儿去了？莫非在我家的柜子里？他乞求地看着我，我知道他那样子，肯定是想跟着我上学。完了，学校要遭殃了，学校太小，盛不了那么多记者啊！

校长对于外星小孩的到来欣喜若狂，他紧紧地握住外星小孩的手，又死死地握住我的手，对我说："小明同学！你为学校做了一件好事！好了，我批准外星人插班到我们学校，就和你坐同桌！小明同学！你为学校带来了荣誉，带来了知名度，带来了外星人！感谢你！"

校长快要哭了，趁他将哭未哭的时候，我把外星小孩带到了教室。然后我哭了，为什么？因为全部的同学都挤到我身边看外星小孩，把我的脚快踩扁了！要是你有一双扁脚，你哭吗？

我们有了一个外星同学，我有了一个外星同桌。我的班主任老师给他起了个名字，叫星星。我们背地里都说老师太没有创意了，人家是外星人就叫人家星星，人家要是地球人就该叫人家球球了！

"对！"我站起来，大义凛然地说，"同学们，我们要有宇宙主义精神，要有一颗爱心，有好吃的要先给星星吃，有好玩的要先给星星玩，当然，这些东西暂时由我保管。"

同学们是友爱的，给星星送来了各种各样好吃的东西。一个星期下来，我胖了一圈，因为，星星好像是不吃东西的！他最喜欢做的事，就是听我们说话，我们说，他静静地聆听，然后，抱着我的大词典，乐陶陶地把头耷拉词典里，半天不抬出来，他在干什么？

他在干什么？难道他……

"是的，我在研究你们的话。"星星说话了！

他说的是汉语！

标准的普通话！

当然，中间也有点我们这儿的方言味儿，但关键是星星学会了我们的语言！太伟大了！星星说得很慢，但他在努力地说，努力地练，他看着我的眼睛说："你好！"

"你好！"我激动得不能控制自己，我要哭出来了，热泪盈眶的感觉就在此时此刻发生了，"你是谁，你从哪里来？"我含着泪问他。

"我……叫力，我是地球人！"在力断断续续的描述中，我终于知道了有关他的所有的一切。原来，在现在地球上的人类出现之前，已经有过一次人类文明，他们的文明更加发达，科学技术高不可攀，他们已经开始驾驶飞碟探索茫茫宇宙中其他人类的痕迹，但地球上的一次全球爆炸使地球上的全部生物灭亡了，人类几乎灭绝，只有那些驾驶飞船航游在太空的人还保有生命，这其中就有力和他的父母。在太空航行中他的父母相继去世，只有他自己驾着飞碟闯入了一个时间停止的星球。在那里，他一直是个孩子，在那里，他度过了三亿年的光阴，直到现在——在三亿年的日子里，地球上又渐渐出现了生命，有了人类，有了我们——今天，我们和力相逢了。这地球上的两代人类，两个孩子，成了年龄相差最大的同桌，我真想向全世界大声呼喊："我的同桌三亿岁！"

"是的，我三亿岁了！"

从此，我和我的三亿岁的同桌过上了天天被记者采访骚扰的"平静"日子，直到有一天，星球大战爆发了！

"同胞们，真正的外星人已经包围了地球！让我们携起手来，共同渡过生死难关！"电视中，忧伤而又坚强的主持人沉重地向观众说，各国领袖都在呼吁人们起来战斗。然后，电视画面切换，我们看到无数只小飞碟包围了地球，像乌压压的蚊子，他们在空中集结，就要打响战斗。

"让孩子们先躲到地下！"大人们在呼喊。

我和好多孩子推推搡搡，向地下堡垒奔去。快要进入地下的时候我回头看了一眼天空，这时，我看到了广场上一艘飞碟在缓缓升起，是力，他驾着飞碟，他要去哪儿？我傻傻地站在那儿看着他。

他飞向空中……数不清的飞碟在向他围拢。

但在半小时以后，空中的飞碟全部散去，像中了杀毒剂的蚊子一下子没了踪影，而力的飞碟又停落在广场上。他走出来，手里还牵着另一个人：真正的外星人，一只眼睛长在肚子上，七只长长的于在爬动。力向我走来，他笑呵呵地说："小明，给你介绍我的朋友！"

那是他在宇宙航行时结识的朋友，是一个星球的首领，如果不是力，恐怕地球已经在这位首领的命令下土崩瓦解了。我的心悬了一下，想和首领握个手，但真的，我不知道该握他哪只手。

力向我眨了眨眼，笑了。

文/李　化

让宇宙充满爱

　　这是一篇充满爱的故事。如果不是力那双友好的眼睛，"我"会把他带回自己的家里，我们又还会成为同桌吗？如果不是因为同学、老师们对力都是如此的友爱，给他送去那么多好吃的东西表达自己的关怀，那么当外星人攻击地球时，力会这样勇敢地站出来一个人保护大家吗？如果不是力在三亿年的旅行中，有过一段与外星人友善的相识和交往，那么外星人的首领又怎么可能和力做了好朋友，并听了力的话而退兵呢？其实与其说是力拯救了地球，不如说是大家的爱心拯救了地球。

　　宇宙很大，我们除了拥有地球上的朋友外，可能还有许多外星的生物。我们应怎么样对待他们呢？其实我们与别人的相处就好像平时照镜子一样，当你对着别人笑的时候，你看到的也会是一个笑容；当你凶恶地对待别人的时候，你看到的就会是一张恶脸。所以我们要用自己的爱心去对待每一个人，无论他是来自地球还是外星，当整个宇宙的空间都充满了爱，我们就会有许多许多的朋友。

赏析/黄　棋

孤独的机器人

有时，当大路上只剩下他一个人赶路时，他会产生一种挺奇怪的感觉，电脑储存器没来得及告诉他这是一种什么感觉。

夜色迷蒙之中，一个小机器人正躲躲闪闪地走在公路上。

他不时回头望望，生怕那帮气势汹汹的家伙追上来。自从老主人死后，他们只知道没完没了地吵架，瓜分财产。小机器人的生活今非昔比。他几乎没法工作，因为没人顾得上给他充电。他身上的零件吱吱作响，可谁也想不到要给他加油，更没人给他编制新的程序。不仅如此，那帮家伙还任意支使他拿这拿那，一会儿是点心，一会儿是饮料，各人还恶作剧似的要的不一样，使得本已体衰力竭的小机器人"噗"的一声摔倒在地上，怎么也爬不起来。一个家伙还粗暴地朝他的控制中心和脉动节点中间踢了一脚。顿时他全身震颤，信号灯忽明忽暗，不时发出刺眼的闪光，最后"哗"的一声，他就再也没有动静了。

怪事发生了。他自己也不知道这是怎么回事，他能给自己充电了，而且每走上三四步，身子就腾空而起，飘上一会儿。他飞呀，飞呀，在屋里转来转去。过了一会儿，他打开了人工电脑的电钮，把旋钮转到"判断与指导"的位置。结果令人吃惊，电脑明白无误地告诉他，这次偶然发生的撞击推进了已故主人的试验。小机器人现在有点儿"意志"了。虽然还不能深入地思考和自由地选择，但他可以作出一些决定，采取一些行动。刚才，他不是给自己充了电吗？他现在也能有一些人的知觉和情感了。电脑存储器开始按照字母顺序一条一条地把小机器人新获得的情感列出来。A 感代表忧虑,D 感代表愉快,E 感代表激动,F 感代表恐惧,这些情感他都能体会到了。还未等他看完,那帮家伙又吵嚷着逼上前来,于是他一跳一跳地跑得飞快,使劲一跃,竟从墙头上飞了过去。

他跑过一片小树林,来到了这条公路上。

等他确信后面没人追时,才慢慢定下神来。这时他发现,这条高速公路是自动移动的,路的两边分别向相反的方向移动,路中间有一条白线。他踏上那条离他跑出来的地方相反的路,在上面又跑又跳,路过了无数的城市和村庄。真有意思,他就好像是一个能自己管理自己的机器人,又好像是一个身上布满线路的真人,但他发现自己不能自由地选择感情,感情像个不速之客,好像知道什么时候该到似的。

有时,当大路上只剩下他一个人赶路时,他会产生一种挺奇怪的感觉,电脑储存器没来得及告诉他这是一种什么感觉。他连续旅行了好几个星期,一路上哼着一首自己编的,专为在有 D 感(愉快)时唱的歌。后来,他身上快没电了,可是他又没钱充电,他全身没劲,终于倒在了一个风雪交加的地方。

第二年春天,两个种检验草的工人发现了这个小机器人。

本诺是个专爱修修补补的小伙子,他用万能电源检查了一下小机器人,结果小机器人噼噼啦啦地站起来了。本诺高兴地给他上了润滑油,把搞乱的触角天线也整理好了。

自此,小机器人就在他俩身边干在前主人那儿干的工作——记账、干家务事。他觉得找到了归宿。可是,他没想到,这种幸福的生活竟有完结的一天。两个工人的合同期满了,又接受了到另一星球上种植检验草的新合同,而机器人却未被允许做星际旅行。当小机器人终于发现一路上照料他、修理他的本诺竟然想把他卖掉时,他觉得自己被愚弄了。其实本诺也是出于无奈。在市场上,几个买主上下打量小机器人,还掐掐他的防护衬垫。终于,本诺忍无可忍,仍旧带着小机器人回到了已被转让的房屋。新房主倒是个和平本分的人,但他的境况不好,一家几口人都靠他来养活,他害怕付不起机器人的保养费。最后,小机器人一个人留在了屋里,再也没有见到本诺回来。他等啊等,以前没有朋友一人流浪时的那种难以形容的感觉,充满了他的全身。他所经历的一段最美好的日子到头了。他今后该怎么办?

小机器人看见了那位新房主,便慢慢地走到他身边,小声说:"对不起,我能帮您种草。"

那人吓了一跳,猛然转身,吃惊地看着他。房主的两个活泼可爱的小男孩好奇地瞧着他。

"我的使用费和保养费也许并不像您想象的那么高,再说,我什么账都能算,什么活都能干。"

那两个孩子先是瞪着大眼睛迷惑不解地打量着小机器人,后来又焦急地抬头看着他们的父亲。小机器人产生了 H 感("H"代表"绝望"),他头上的两支触角式天线也越垂越低。做父亲的看着他,犹犹豫豫地说:"他简直像个有感情的生物,看起来很孤独。"

两个男孩不明白什么叫孤独,做父亲的就讲给他们听。这正是小机器人平时常常感到而又叫不出名字来的那种感觉。

原来,他一直在体验着孤独。

慢慢地,小机器人跨上了往回走的移动道路。

"嗨,小机器人,别走!我们要你了。"是那父亲在叫。

"别一个人走开,孤独的朋友,"两个小男孩喊着,"跟我们住在一起吧!"

小机器人害羞地耷拉着脑袋,胸中却激动不已。他转过身,向着他们跑去,边跑边用脚板打着拍子,哼着他的 D 小调。

文/[英]玛格丽特·利特尔

让爱心和理解来破解孤独

很多时候,我们都是很孤独的。我们经常一个人走在大街上,一个人看球赛,一个人对着窗户发呆,也经常会莫名其妙地发脾气,有时候即使在很多人的场合,也会感到很孤独,很无助。

我们为什么会感到孤独呢?因为没有人能理解我们,没有人陪我们聊天，没有人能帮助我们解开心中的结，我们觉得很无助。所以，故事中的小机器人一直是孤独的，因为没有人能理解它，没有人和它"谈心"，也没有人帮助它。但后来，它终于理解到了它的孤独，也很幸运地它不再感到孤独了，因为那一家人理解了它的孤独，并愿意和它交朋友。

我们从小机器人的故事中明白，孤独是要用爱心来融解的，需要人与人之间的相互理解。当你发现你身边的亲人、朋友或同学感到很孤独的时候，你不妨试着用你的一颗真诚的爱心去帮助他，跟他谈谈心，这样，他才不会觉得很无助，很孤独，因为他觉得这世界上还有人关心他，理解他，这样他才会走出孤独的困境。

如果每个人都能关心和理解他身边的人，那么，世界上就不会有那么多人感到孤独了。

赏析/陈耀江

机器人保姆

> 由于爸爸操作失误，不小心造成机器人保姆程序混乱，使机器人保姆接到一些不正确的指令，于是，我们的麻烦更大了。

为了赶时髦，爸爸妈妈到机器人保姆公司去带回一位机器人保姆。机器人保姆刚进门就开始动手收拾房子，一下子就把我们家收

在宇宙中书写·精华版

拾得干干净净。果然是个好保姆。

妈妈对她说:"你先坐下来休息一会吧。"机器人保姆说:"我不累,我的电源非常充足。我要是不好好劳动,公司就会把我变成一堆废铁。"然后说:"好了,现在我要收拾你们了。"

什么?要收拾我们?爸爸以为机器人保姆要杀我们,拉起我和妈妈就想夺门逃命。机器人保姆拦住我们,疼爱地说:"别跑。让我查查你们身上的卫生指数是否合格。"

经检验,机器人保姆说我们衣服上粘有尘埃,卫生指数不达标;皮肤上的汗水多,盐分过重,为了我们的身体健康,强令我们都要洗澡。机器人保姆伸手就把一百六十斤重的爸爸拎到大浴池里。我和妈妈只好乖乖地在浴室门外排队,等候洗澡。

直到我们洗完第八次澡以后,机器人保姆才微笑着说:"祝贺你们,卫生指数达标了。"

我们却笑不出来,因为我们都感冒了,正抽着鼻子找药吃。

爸爸制定一套日常生活计划,输到机器人保姆的程序里去,以后就由她提醒我们在什么时间该做什么。我们以为有一个详细的日常生活计划表,机器人保姆会把我们每天的生活安排得有序不乱。结果呢?却乱成一团。

按计划,我们每天早上六点准时起床。爸爸只是迟了一分钟,机器人保姆就冲进去把爸爸拎起来,往屁股上打了两下,摇摇头说:"你真不听话。"

六点到七点半是我们到园子里晨练的时间,但是今天下小雨,我们就不打算出去。但是,机器人保姆说计划里没有说明下雨天可以休息,我们只好穿着睡衣开始晨练。爸爸妈妈披着雨衣打乒乓球,我打着伞像小疯子一样在园子里跑步。

六点半到七点十五是洗澡,洗脸刷牙的时间。我们家的洗手间不大,不能同时挤那么多人,只好一个一个来。爸爸又是最后一个。

七点十五,机器人保姆准时把早点送到餐桌上来了,爸爸还正在刷牙。机器人保姆二话没说就走到洗手间去把他押到餐桌前吃早点。爸爸喝了一口牛奶就想溜,机器人保姆却按住他不让走,因为计划里规定吃早点的时间是从七点十五到七点三十,现在才七点十九,不到时间。爸爸苦着脸坐在那里，他满嘴是牙膏泡，非常难受。

终于等到七点半，爸爸跳起来飞快地跑回洗手间去接着洗牙。妈妈赶紧回屋里去换衣服，化妆。我还没吃完一块蛋糕就被机器人保姆提到门外，把我的书包放到我的手上说："现在，你应该上学了。"

我说："我还没有吃饱，能不能让我带上那块蛋糕？边走边吃。"她摇头说："计划表里没有告诉我，你可以在上学的路上吃早点。"

机器人保姆回到客厅，把电视打开，对爸爸说："顾先生，现在是你收看全球环境新闻的时间。"爸爸正躲回房里，想穿上西服后再出来看新闻。可是机器人保姆冲进去，把还没穿上衣的爸爸提到电视机前，爸爸只好穿着西裤打着赤臂看新闻。

八点整。机器人保姆对爸爸妈妈说："现在是你们上班的时间。"爸爸说："我还没穿好衣服……"爸爸跑回屋里去，刚披上衬衣，机器人保姆就走进来："八点是你上班的时间，而不是你穿衣服的时间。"说着就把他提出去。

妈妈还在对着镜子涂口红，机器人保姆把妈妈也提出来。妈妈说："我刚画了一片嘴唇的口红，再给我十秒钟的时间就可以了。"机器人保姆说："不行，计划里没有告诉我可以这样做。"

机器人保姆去打开爸爸的车门，对爸爸妈妈说："二十秒钟内你们必须开车离开这个院子。"爸爸妈妈哪敢不听，赶紧钻进车里去。爸爸开车出了院子，停在不远处穿衣服。妈妈就在车上补口红。

爸爸妈妈觉得机器人太死板了，得改改，让她要随机应变。

爸爸把机器人保姆的程序稍作修改。由于爸爸操作失误，不小心造成机器人保姆程序混乱，使机器人保姆接到一些不正确的指令，于是，我们的麻烦更大了。

半夜时分，机器人保姆却叫我们起床，应该是起床的时间却要我们睡觉。早上给我们准备了一桌丰盛的晚餐做早点，晚餐却只让我们喝牛奶，吃面包。

更让我们哭笑不得的是，机器人保姆把爸爸当成了我。爸爸下班回来的时候，她亲热地走上去把爸爸抱起来，"叭"地亲了一口，用天真的口吻说："小宝贝，放学回来了。你给我唱首歌好吗？就是你经常唱的那首《我是好孩子》。"爸爸只好唱给她听。机器人保姆听完以后，摸摸爸爸的头说："噢,宝贝。虽然不怎么好听,不过我不会出去对别人说的。如果,以后你能唱得再小声一点的话,我会非常高兴,那样我就不用担心别人误会我打你或骂你了。"

我和妈妈笑得几乎喘不过气来。

晚上八点钟,我刚想做作业。机器保姆把我提到爸爸的书房去,却把爸爸提到我的房间来,让他坐在我的小书桌上,亲昵地说："你怎么可以去占你爸爸的书桌呢?这才是你的。乖,开始做作业吧。"

爸爸只好猫着腰在我的书桌上绘图,而我要站在椅子上才够得着爸爸的桌台做作业。

十点钟,机器人保姆把爸爸抱到我的小床上,对他说："现在,是你晚睡的时间。"爸爸等她走出去以后,再爬起来画图。没想到机器保姆却再次走进来,她说："你真不听话。睡不着吗?那我给你讲故事吧。"机器人保姆把爸爸抱在怀里,一边轻轻地摇着,一边给他讲白雪公主的童话故事。

爸爸受不了啦,给机器保姆公司的经理打电话,让他来把他的机器人保姆带回去。我们家不要机器人保姆了。

第二天中午,我们全家都在等经理来。没想到却等来了一个手持利刀的长发男人。他要我们把钱都拿出来给他。

机器人保姆从厨房里走出来,她微笑着惊喜地对那个坏蛋说："呀,你来了。"走上去一把抱过他,把他的刀抢去扔到一边,小声说："刀不好玩,我带你去玩更好玩的。"

妈妈着急地说："天呀,她把坏蛋当我们家里人了。"爸爸说："她的程序已经乱了。经理怎么还不来?"爸爸刚想打电话报警,机器人保姆却把电话占去了。

机器人保姆把电话放到坏蛋手中,对他说："拨打110,对警察说你到这个家里来抢劫,现在已经被机器人保姆抓住了。"坏蛋乖乖地按机器人保姆说的去做。我们惊喜地看着机器人保姆,不敢相信这是真的。

两分钟后,警察来把这个坏蛋抓去,他们握住机器人保姆的手,真诚地感谢机器人保姆,夸奖她是一个勇敢又机智的机器人。机器人保姆可高兴了,问我们:"我真的很勇敢又机智吗?"

我们都扑上去抱住她,对她说:"是的,你是机智勇敢的机器人。"

这时候,经理来了。爸爸告诉经理,我们要把这个机器人保姆买下来,永远成为我们家的一员。

文/王勇英

可爱尽职的机器人保姆

机器人保姆只会按照人类输入的指令办事,工作一板一眼的,很死板。"我"家制定了日常生活计划后,机器人保姆风雨无阻,强硬执行,搞得"我们"一家备受折磨。而程序乱了之后的机器人保姆,更是把爸爸当成"我",做出一些让人哭笑不得的事。正当"我们"全家想把机器人保姆送走的时候,它勇敢地制服了打劫的强盗,也给了"我们"可以依赖的温暖,让"我们"全家都接受了它。

一直以为,机器人只是一个冷冰冰的科技成果,没有自己的感情,只会服从命令,按照电脑输入的程序行动,没想到文中的机器人,就像现实生活中的保姆一样,犹如一家人一起生活在同一屋檐下,给予我们虽然看起来似乎很烦但事实上却给予细心的照顾,给家庭带来了温情。目前,机器人的研究也有了很大的发展,未来每个家庭拥有一个可爱尽职的机器人保姆,不会是太遥远的梦想。

这是一篇令人忍不住捧腹大笑的科幻故事。幽默活泼的语言,生动有趣的细节描写,一个可爱的机器人保姆跃然纸上。

赏析/韩文亮

123

地 球 使 者

在我们星球,一个七岁的男孩,独自驾驶飞碟就像地球上的男孩、女孩骑三轮脚踏车一样:小事一桩。

　　我叫小树,男孩,住在宇宙中一个被称为风的星球上。常常听老爸、老妈讲,宇宙中还有一个名叫地球的星球,上面住着许多人。其中,最多的是中国人。我最大的愿望是到地球去旅行,和中国人交朋友。

　　这天,老爸、老妈都上班去了,留下我一个在家。我背出了十个汉语单词,这是老爸、老妈每天规定我要完成的任务,他们说既然地球上中国人最多,那这门外语——汉语,一定是要学的。

　　我在书上见过很多中国男孩,但是面对面地交谈却是一次也没有,因为我没有去过地球,地球人也一次都没有来我家做过客。我无所事事地跑上了屋顶平台,望着那架崭新的飞碟,突然产生了一个大胆的念头:偷偷去一次地球。

　　我坐进驾驶舱里,按下了飞行按钮,飞碟立刻呼啸着冲进了空中。顺便说明一下,在我们星球,一个七岁的男孩,独自驾驶飞碟就像地球上的男孩、女孩骑三轮脚踏车一样:小事一桩。

　　我边观察电脑屏幕上显示出的地球位置,边熟练地操纵方向盘。哈,老爸总说要去地球访问,做了许多准备工作,却一次也没真正行动过。此刻,要是他知道他的儿子就在去地球的旅途上,不知他的反应如何。

　　不久,我身边的呼叫机里响起了一个陌生的声音,起先,我有些慌乱，不知道他在说些什么。慢慢地我镇定下来，一个字一个字地仔细辨认。

"你是谁？请问来自什么地方？"啊！我终于听懂了，原来，他说的是汉语啊！

我激动地用所学的一点点汉语做了回答，尽管我说的很不连贯，但对方总算是听明白了。

在地球人的协助下，我安全地降落在一个机场的跑道上。很多人拿着鲜花向我跑来，把我当成地球最尊贵的贵宾。

我和一个叫阿厦的男孩相识了，他和我一般大，是我认识的第一个地球男孩。他请我上他家玩，介绍他的伙伴和我认识。我吃了很多美味的中国食品，阿厦和他的伙伴们还争着教我学骑脚踏车、吹泡泡糖。

我真舍不得离开我的新朋友，可是我必须得回去了。在飞碟飞离地面的一刹那，在送行的黑压压的人群中，我一眼瞥见了正擦着泪水的阿厦。

"再见！"

"再见！"

在一片"再见"声中，我想着我和阿厦的约定：等阿厦的学校放暑假的时候，我一定要回来接他去风星球玩。

文/金建华

值得期待的梦想

风星球上七岁的小孩子小树独自驾驶飞船到地球旅行，获得了地球的热烈欢迎，还赢得了地球小孩阿厦的友谊。

我们想象一下：如果有一天我们也能像风星球的小孩一样，独自驾驶着飞船往返于各个星球，学习各个星球的新奇玩意儿，品尝地球上没有的各色精美小吃，把我们的友谊播撒到宇宙的每一个角落，让我们的朋友多得有如天上的星星。那会是多么美妙的事情啊！

这是一个值得期待的梦想，我想大家都会同意吧。

赏析/苏　华

a

戴隐形眼镜的小老鼠

我们千万不能陷入浑浊的泥潭中，不能与蛇鼠同一窝，不能和一些坏人在一起。因为一旦加入了他们的行列，你就很难拔出来了。

拉布是一只小老鼠。

和世界上所有老鼠一样，拉布住在阴暗的地洞里，与兄弟姐妹们一同过着偷鸡摸狗的传统生活。

这天早上，拉布从洞里探出头来，观看是否有白天作案的可能性。

这时，它看见这个家的男孩子正在对着一面小镜子撑开眼皮，然后把一层透明的小东西放进了眼里。

然后，他的目光就变得炯炯有神，楚楚动人。

拉布挠挠头，它记得这个男孩子平时戴的是厚厚的眼镜，一旦摘掉就跟瞎了似的。

带着疑惑，拉布把这件事告诉了朋友们。

一只见多识广的老鼠前辈指点道："那是人类发明的一种东西，叫做隐形眼镜，直接戴在眼睛上就能看得很清楚。"

晚上，拉布再次从洞口偷偷关注那个戴着隐形眼镜的男孩子。

只见他像早上那样对着镜子睁大眼睛，轻巧地取出了那薄薄的小镜片，然后用一种药水反复冲洗，最后把隐形眼镜收在了一个小盒子里。

男孩子去睡觉了。拉布精神一振。

它神不知鬼不觉地从洞里跑出来，偷偷溜到放隐形眼镜的桌子上，它打开小盒子，看到隐形眼镜软绵绵地浸泡在药水中。

俗话说"鼠目寸光"，这话是有科学根据的。老鼠本就是天生的高度近视，视力一个比一个差。拉布也不例外。自从它听说戴上隐形眼镜可以看得很清楚后，就一直想尝试看看那是什么滋味。

拉布把隐形眼镜从小盒子里取出来，捧在手上。它学着男孩子那样睁大眼睛，把隐形眼镜放了进去……

它疼得流出了眼泪，急忙把眼睛闭上。

对于第一次戴隐形眼镜的人而言，这无疑是一个高难度挑战，更何况拉布只是一只老鼠。

拉布脾气上来了，它不屈不挠地对着隐形眼镜发起一次次冲锋，经过了 N 次的失败，它总算双眼红肿地成功了。拉布闭起眼睛，深呼吸，片刻再睁开，隐形眼镜的度数恰好适合它。

拉布看到了前所未有的清晰世界。

拉布一边欣赏着这个全新的世界，一边慢慢走回洞穴。

刚进门，它就下意识地捂住了鼻子。它突然感觉这里的环境恶劣到了极点：空气浑浊，光线昏暗，肮脏杂乱。自己怎么会在这种地方住那么多年呢？

现在的拉布，看待事物的眼光已经跟过去完全不同。它的视线因为隐形眼镜而变得长远、清澈。

拉布一个个审视同类，感觉它们一个比一个猥琐，对它们一个个投以鄙视的目光。

拉布挥舞着双手发表演说："我以前也和你们一样目光短浅，只能看到眼前的一小块利益……但是现在我清醒了。朋友们，我们难道世世代代都要这样生活下去吗？一千年前做贼，一千年后还是做贼？不！我们要想办法改变自己的命运……"

大家参观了拉布一会儿，纷纷摇头离去，嘴里说着"这小子绝对疯了"、"别理它，我们今晚还有工作呢"、"不偷东西我们吃什么啊"、"可怜的孩子，阿门"之类的话。

没一只鼠把拉布当一回事。

拉布气得捶胸顿足，为朽木不可雕的同胞感到悲哀。

127

老鼠们倾巢出洞作案去了，拉布跟了出去。

一个食品柜没有关紧，老鼠们正准备对里面的食物下手。

"住手！窃取别人的劳动果实，只能得到暂时的满足！然而明天我们又该怎么办？我们需要做的是放眼世界，展望未来……"拉布站在橱窗前像神父布道似的。

没一只鼠听它的。还是我行我素的窃取着。

气急败坏的拉布直接把一个盘子推到了地上。破碎的声响在室内回荡，老鼠们一片恐慌。被惊醒的屋主闻讯起床看个究竟。

老鼠们马上作鸟兽散。拉布得意不已。

屋主点亮了电灯。看到了满地的狼藉以及站在桌子上的拉布。

拉布也看见了屋主，清晰的，具体的。现在的它，习惯用发展的眼光看事物，因此它清楚，与人类的友好相处是世界大同的第一步。

"你好，我叫拉布，虽然我们是初次见面，可是其实我已经认识你很久了……"拉布热情如火地对屋主表白。

结果对方根本没听它的，一棍子就敲了下来，要不是拉布跑得快，肯定小命不保。

"革命尚未成功，同志仍需努力。"拉布边跑边自我鼓励。

拉布回到洞穴，看见一群同胞正鼠视眈眈地盯着它。

"也许你们现在心情不好，可是如果你们能透过现象看到这件事的本质……"拉布刚说了两句，同胞们已经一拥而上，把它殴打了一顿，然后赶出了洞穴。在大家眼里，这家伙是老鼠家族的耻辱。

拉布伤痕累累，无家可归。

夜空的月光，照亮拉布漫长的前途。

文/两色风景

拉布的"革命"

刚看这篇文章时，觉得小老鼠拉布是有点傻得可爱，但慢慢品尝，发觉它还是有很多"闪光点"的，比如说，它不屈不挠地向隐形眼镜发起冲锋，直至戴上为止，这说明它能坚持，有勇于战胜困难的优点；比如说，当戴上隐形眼镜后，它的"目光"变得长远和清澈，它开始想办法说服"同伴们"，改变自己的命运……又比如说，当拉布遭到屋主与同伴的追赶和排斥后，仍然能自我鼓励，看到光明，这是十分难能可贵的。

这些都是拉布的"革命"，它的遭遇带给我们什么启发呢？

为什么拉布想变好、想"革命"都那么困难呢？因为它是一只人人喊打的老鼠。所以，我们千万不能陷入浑浊的泥潭中，不能与蛇鼠同一窝，不能和一些坏人在一起。因为一旦加入了他们的行列，你就很难拔出来了。但拉布是一位"英雄"，即使在困难的环境中，它也不怕困难，也敢于冲破困境，要为追求光明的"前途"而"奋斗"，它的自信，它的坚持，它的勇敢是值得我们人类学习的。

一片镜片竟改变了拉布的命运，尽管它只是一只老鼠，我们也希望看到它能"革命"成功，直到追求到它的光明为止。

赏析/陈耀江

外太空的半兽人

不仅仅"半兽人"需要寻找适合自己成长的地方，地球上的每一个生物都需要，我们自己也需要。

阳光明媚，白云朵朵，我高高兴兴地跑回了家。

我家别墅门口的花园里有一大块东西，闪闪发光。我凑上去一看，是一个畸形的怪蛋。今天是五月五号，不是愚人节啊，怎么会有个蛋在这里呢？不过,这东西倒挺奇怪的,不如拿回家给身为生物学家的爸爸看看吧!

我仔细观察了这个蛋,它表面十分粗糙,就像老树皮似的,也不是规则的椭圆形,而是个奇怪的图形,闻起来什么味道也没有。咦？上面怎么有黄色的绒毛啊? 大概是它父母留下的吧。

爸爸终于回来了。

"爸爸,我在门口捡了一个怪蛋,也不知道是什么,你知道吗? ……"

我还没说完,爸爸就抢着叫道:"怪蛋?快给我看看。听说有不明飞行物降临地球,这说不定就是它们的蛋! "

我一听,差点叫了出来:"外星生物? 太棒了! "

"棒?外星生物可能对我们造成生命威胁啊!这可是地球上的大事啊! "爸爸瞪着眼睛说。

从那天起,生物研究所、外星生物研究所的研究员和爸爸就没日没夜地观察着这个怪蛋,研究员和爸爸不断地讨论、找资料,研究怪蛋的种类、DNA 分子结构以及一些生理特征。

终于,他们发现了一个惊人的秘密:这不是地球上已知生物的任何一种 DNA 结构, 生物在蛋中的活动也很特别, 应该是外星生物没错。而且,通过一些技术,可以使这个蛋孵化,但可能对地球生物造成威胁。经过多方研究,大家终于决定将蛋孵化,并对它进行保护。

惊动世界的举动开始了。爸爸打开一个被称为"超热传导机"的东西,顿时光芒四射,如太阳一般,研究员把蛋架好,接上一系列的感应设备,孵蛋行动开始了。研究员不断记录数据,只见蛋的温度显示越来越高, 蛋的活动也比较频繁了。我们能清楚地看到里面它流动的"血液",蛋也开始震动,大概在发生心跳这类的生理活动。爸爸示意关掉那个发光的机器。这时,蛋内的那个家伙开始运动四肢,大概是要打破蛋壳了,但它的力气实在太小,蛋被打了十几下还没出现裂纹。研究员突然想起,地球和那个星球,虽然气候差不多,但引力可能大得多。于是,他们找来了玉器行中技术最好的工人,准备切割蛋壳。研究员告诉他们切割的薄厚和要求,他们就开始工作了。他们用激光刀在蛋壳上小心地切割着,终于,外表粗糙的蛋的最外层被切开了,露出光滑的内层蛋壳。里面的胚胎开始更加剧烈地活动,研究员紧张地观察着。突然,蛋壳上出现了一个小小的裂痕。

"要出来了!"大家都抑制不住自己的激动,叫了起来。

终于,在大家的惊呼中,这个怪物破壳而出。它浑身长满黄色的绒毛,就如蛋壳上残留的一般。它看上去十分强壮,头上有一个马尾辫,身上有着带刺的红色盔甲,身上肌肉发达,脚上长着棕色的长毛,手中拿着锋利的斧子,外貌就如兽人一样。它身上还有长长的铁链,好像象征着它们民族的强悍与凶猛。它的眼睛是深红色的,嘴中有长长的獠牙,与剑齿虎的牙相差无几。我爱听 Jay 的音乐,于是给它取名为"半兽人"。

半兽人暂时住在我们家。它喜欢吃生肉,一天要吃一大桶。爸爸虽然不制止,但他警告过我们,这个外星生物说不定会给地球带来一场空前的灾难。看着小小的半兽人,我们根本就没把它当成致命的生物,它多么有趣啊。

半兽人在我们的照顾下一天天长大了,最后竟然有三层楼那么高了,它的胃口也越来越大,我们都快喂不饱它了,可是它仍然很乖,饿了就轻轻地吼两声,从来不伤害我们。为了让半兽人好好地活下去,爸爸他们讨论决定帮它找到自己的家,让它回自己的星球。

爸爸他们用自己研制的"生物波传送仪",将半兽人的吼叫声传向宇宙深处,希望可以让它的同类听见,接它回家。终于,一个月后,一架飞碟光临了我们家,上面下来的生物显然是半兽人的同类。它们见到半兽人很开心,用电波的方式向我们表示了感谢,并将半兽人带回了家。回家时,半兽人虽然很开心,可是它也很舍不得我们,它用舌头舔了舔我的脸颊,用我教它的中国话对我说:"我会想你们的!"说完,依依不舍地离开了。

我看着越飞越远的飞碟说:"再见,半兽人!"

文/颜子轲

在最适合的地方成长

在很久很久以前,地球上有许多和现在不同的生物,但随着历史的变迁,这些远古的物种越来越少。为什么呢?是不是它们都躲起来了呢？当然不是，其实它们都慢慢地灭绝、永远地从地球上消失了。很奇怪吧？是什么可以让这么多的生物全部死掉呢？那就是环境，当一种生物不能适应当时的环境时，它们就会慢慢被淘汰。

故事中的"半兽人"是一个来自外星的生物，但地球上的环境毕竟不适合它的成长，所以尽管它很乖，尽管它的主人很喜欢它，尽管每一个人都很舍不得它离开，但他们还是不得不帮它寻找一个真正属于自己的家，一个最适合它成长的地方。

其实不仅仅"半兽人"需要寻找适合自己成长的地方，地球上的每一种生物都需要，我们自己也需要。所以我们平常不要随意破坏周围的环境，因为这个地方可能是其他动植物赖以生存的地方，而且我们也应当创造一个良好的环境，使自己能够更好的成长。

赏析/黄　棋

魔　盒

芳芳打开魔盒，小屏幕上，有两条上下不停跳动的红色曲线，好似两条火龙在决斗。

星期天，城中公园里的游人格外多。园中的电子游乐场更是热闹非凡，爸爸妈妈们带着自己的孩子，坐在游艺机前尽情玩耍，不时发出阵阵笑声。芳芳却坐在假山顶的亭子里，独自落泪。

一会儿，亭子里来了一位戴眼镜的叔叔，他看了一眼愁眉苦脸的芳芳，关心地问："小姑娘，你为什么不高兴，身体不舒服？"

芳芳微微摇摇头，不想回答，叔叔走过来说："你有什么难处可以讲出来，或许我能帮助你。"

芳芳见陌生叔叔是个热心人，就把她的心事讲了出来。芳芳的爸爸妈妈都是工人，家里有小汽车、家务机器人、电冰箱、彩电……生活条件没得说。但是，最近爸爸妈妈常为一点鸡毛蒜皮的小事大吵大闹，还要闹离婚。单位领导和亲戚朋友都做了调解，可是家里气氛还是像拉紧的弦，一触即发，这叫芳芳怎么不着急呢。

陌生叔叔从口袋里拿出一只像香烟盒大小的金属盒子，说："这个盒子借给你，当你爸爸妈妈吵架时，你按一下蓝色按钮，他们就能平静下来。"

芳芳看了一下小巧玲珑的金属盒子，不相信地摇摇头，说："难道这是魔盒？"

叔叔认真地说："你说魔盒就叫魔盒吧，你拿回去试试。下星期天仍然到这里还我好了。"

芳芳拿着魔盒走到家门口，就听见屋里传出爸爸妈妈的吵架声和拍桌子的声音。芳芳打开魔盒，小屏幕上，有两条上下不停跳动的红色曲线，好似两条火龙在决斗。芳芳急忙按了一下蓝色按钮，屏幕上出现一条蓝色的曲线，在两条红色曲线中飘动，红色线渐渐平缓下来了。说来真奇怪，爸爸妈妈的吵架声也渐渐平息了。芳芳松了一口气，好像结束了一场噩梦。

芳芳走进家门，爸爸妈妈满脸笑容地迎了上来，芳芳好久没有看到他们的笑脸了。一家人欢欢喜喜地坐在餐桌旁津津有味地吃着家务机器人送上来的丰盛晚餐。

芳芳为防止爸爸妈妈晚上再吵起来，她把蓝色按钮整整开了一夜。天亮了，家务机器人早已将早点准备好，可是爸爸妈妈的房门还关着。芳芳轻轻推门一看，只见爸爸妈妈正在"蓬嚓嚓"跳舞呢。这魔盒真神，她为爸爸妈妈的和好而高兴。但她见自己被冷落在一边，心中有些不快，赌气把魔盒的蓝色按钮关了。

芳芳有了魔盒的事被同学安安知道了。放学的时候，安安缠着芳芳要借用魔盒。安安期中考试数学成绩不及格,学校已通知家长了。今天回去非挨爸爸打不可,安安想用魔盒使爸爸平静些。

安安带着芳芳,来到他的家门口。安安的爸爸正在和他妈妈说话:"安安数学只考了五十二分,要好好教训教训他!"

芳芳打开魔盒,只见屏幕上一条红色的曲线在不停地上下跳动,好似燃烧着的火焰。安安吓得吐了一下舌头,用手指在魔盒的一个按钮上猛按了一下。屏幕的红色曲线上又飘过一条黄色曲线,两条线合在一起,越跳越厉害,好似火上浇了油。

屋里,安安爸爸大发雷霆,拍着桌子说:"哼,没出息的家伙,我要打烂他屁股!"安安吓了一跳,书包"啪"地一下掉了下来,他爸爸开门追了出来。安安急忙乘上门口的汽车,带着芳芳就逃。安安爸爸驾着摩托车在后面紧紧追来。芳芳一看魔盒,啊,原来刚才安安慌忙之中错按的是黄色按钮,怪不得他爸爸越来越火了。芳芳急忙按了一下蓝色按钮,屏幕上出现一条微微抖动的蓝色曲线,红色曲线和黄色曲线渐渐平静了。

安安爸爸的摩托车追到了前面,"吱"的一声停下,挡住了汽车的去路。安安停下车,准备挨打。没想到,他爸爸抚摸着安安的头,和颜悦色地说:"都怪我不好,把你吓怕了,以后我不再打骂你,你要用心读书啊!"

安安见爸爸和刚才判若两人,他明白了。啊,魔法起作用了。这次安安对爸爸心服口服了,他表示一定要努力学习,争取好成绩。

星期天,芳芳在亭子里又遇见了叔叔。叔叔脸色很不好,芳芳问他有什么不高兴的事,他说,妻子和他离婚了。芳芳内疚地说:"都怪我借了魔盒,如果魔盒在你身边,她肯定不会离婚的。"

叔叔说:"不,这种事魔盒是无能为力的,她并不是不冷静,而是志向不同。"芳芳问叔叔魔盒是怎样造出来的,叔叔扶了一下眼镜,说:"我的爸爸妈妈都是科学城微电脑研究所的专家,事业上都有成就,但却常为一些家庭琐事争吵不休,矛盾越来越深,终于导致离婚。这在我的心灵上是一个很大的打击。人类社会早已进入了以宇宙航行为标志的宇宙文明时代,但家庭纠纷、离婚却有增无减,我从国外留学回国后,就开始全力研究这种特殊功能的魔盒。"

"叔叔，魔盒为什么有这么大魔力呢？"

"魔盒是由超级微电脑和其他部件组成的，有接收系统、归纳处理系统和输出系统。每个人都有不同频率的脑微波，大脑受到外界不良刺激，就会发出异常的脑微波，出现情感失调、丧失理智。魔盒接收这种异常脑微波后，就会由电脑做出分析处理发出相应的脑微波，对大脑皮层产生良性刺激并形成良性循环，使大脑恢复理智。"

"叔叔，我的一个同学在他爸爸发怒时按了黄色按钮，为什么他爸爸更火了？"

"那个黄色按钮可以发出兴奋性脑微波，让那些遭到突然不幸、心情过度忧郁的人适当的兴奋，使他们渐渐恢复正常。当人发怒时再按这个钮，难怪要火上添油了。"

"叔叔，同学们都说，'千不怕，万不怕，就怕爸爸妈妈常吵架；千不幸，万不幸，爸爸妈妈离婚最不幸。'如果魔盒大量生产就好了。"

"有的人认为，我的发明是荒谬的，说魔盒压制了人的发怒和忧郁，是侵犯人权的行为。我认为虽然它不能解决人与人之间的矛盾和纠纷，但它能使人心平气和地交谈，以理服人，这总比那种简单粗暴的谩骂要好。我相信魔盒将会给人们、家庭、社会带来好处的。"

芳芳听了叔叔的话，十分感动，在魔盒上深情地吻了一下。

文/钱欣葆

心中有个魔盒

文中戴眼镜的叔叔小时候父母由于琐事常常争吵，最后还离婚了。为了使人们之间少点矛盾和争吵，他发明了一个可以调整脑电波的"魔盒"，能让处在不同情绪的人恢复过来。有人认为魔盒侵犯了人权，我却不赞同。虽然人生是由喜怒哀乐组成的，但是当人与人之间因为这些情绪而爆发永无止境的无谓争吵时，没有润滑剂的出现，人的心会受到伤害，并且难以恢复。要知道话语带来的伤害比任何东西都要大得多，两个人争吵,过后甚至想不起来是为了什么原因,但是那些伤人的话却萦绕耳边,即使经过时间的冲刷也难以忘怀。而魔盒就是最直接最有效的润滑剂。

俗话说"让三分,风平浪静,退一步,海阔天空",其实就是劝大家互相忍让,这样生活就会更加的平静和谐。不要以为吵的声最大就是赢,也不要以为每一次吵架都要赢,因为每一次争吵,你伤害的,总是最爱你的人。以前我很倔强,一次和妈妈顶嘴,一直到妈妈投降的时候,我才得意扬扬地走了,以为自己赢了全世界,可是当我忍不住回头看时,妈妈坐在灯光下,满头白发,仿佛一刹那老去了很多,我的心开始痛了起来。那时我才知道,其实输的是我,因为我的年轻无知伤害了我的母亲。所以,请少点争吵吧,让自己的心中有一个魔盒,时时刻刻调整自己的情绪,不要再互相伤害了。

赏析/彭细华

第七辑　没有触觉的世界

　　有没有这样一个世界，疾病来了，我们像擦桌子一样，随手抹去；灾难降临前，我们的心跳每一下都将躲避办法列出，如公式般容易；一顶帽子把紫外线、酸雨、高空坠落物统统阻挡；当烦恼堆积时，只需要一粒特殊味道的药丸就能全部清理；所有的障碍在绊住我们的双腿前都会张嘴提醒；海水的温度和色调，都由鱼虾们随心情七彩变幻……当世界摸上去一切如意，我们只能微笑着大呼满意。于是，一不小心从梦中醒来……

没有触觉的世界
感动的溪流
在你我的心底流淌

海水的颜色

天空是什么颜色的？灰色。大海是什么
颜色的？黑色。我们的牙齿呢？

天阴得很，像我的心情一样。这次期末考试我又刚好及格。开完
家长会，我和爸爸走向瞬时传输器第五号机舱——前往中国各个分
区，我在机舱大屏幕前输入"光明小区五栋四十二层"，之后就呆呆地
坐在座位上。爸爸阴沉着脸，看来一场不可避免的舌战又要开始了。
为了不影响其他乘客，我按下了这排座位的噪音隔绝系统。

我们将经过太平洋，我故意把自己的座位方向调至竖直向下，以
便透过透明式机身向下俯瞰灰色的海水和绿色的岛屿，尤其是这绿
色的小岛——在中国已很难见到绿色了！没想到爸爸也调转了座位，
这时传输器已经到达太平洋上方了。爸爸开口说话了："孩子，你怎么
能每次都考得这样差呢？家里花了这么多钱把你送到哥伦比亚大学
念书，你却不好好珍惜！看看你现在条件多么优越，单拿交通工具来
说吧，你都用上瞬时传输器了，你知道我小时候有多苦吗？我上学时
坐的是高空穿梭器！"我最讨厌听爸爸说他小时候怎么样怎么样，我
努力辩驳："少拿你小时候来压我，难道你那时的成绩很好吗？""比你
好多了！"爸爸毫不含糊。我烦躁地向下望去，顿时呆住了，这一片海
域又变灰了许多，几乎变成黑色了。

回到家里，想起爸爸刚才说的那些话和今后沉重的学习负担，我
想到了离家出走。我偷偷来到了交通控制中心。去哪呢？欧洲？不行，
爸爸有"Man-59"——最先进的全球卫星定位系统，轻而易举就能找

到我。去火星？不行，爸爸有瞬时传输器，片刻之间就能把我从火星上抓回家。那么，只能去一个"Man-59"和瞬时传输器都无法探测和到达的地方……搭乘时空隧道机！

于是，我去了爸爸小时候的家里，没想到爸爸那时也住在海滩附近。这时从不远处传来了呵斥声："你看你怎么考得，家里花了这么多钱把你送到波士顿大学读书，你却连个及格也拿不到！现在生活变好了，单拿交通工具来说，你都用上高空穿梭器了！你知道我小时候上学用什么吗？飞碟！"爷爷正拿着爸爸的成绩单吼着。原来爸爸小时候还不如我呢！我在心里暗自发笑。爸爸低着头，向远处的大海望去。"爸，海水为什么是灰色的？"爷爷呆住了，我分明看到他眼角噙着泪……

于是我又想到去看看爷爷小时候的样子。爷爷同样住在海边，只是房子旧了许多。"我真对你失望透了，家里花那么多钱送你到剑桥大学读书，你还不珍惜！你们校长竟然亲自打电话给我，说要你退学。你现在生活条件多么好，单拿交通工具来说，你知道我小时候坐什么上学吗？是磁悬浮列车，而你现在已经坐上飞碟了，还不知足！"又听到这熟悉的训斥，我微微一笑。沉默了许久，爷爷怯生生地问："爸，为什么海水是蓝灰色的？你不是说五十年前大海是蓝色的吗？"爷爷的爸爸愣住了，半晌没有吱声，他的眼角有些微红，只是爷爷没有察觉到……

我再也无心调查这训斥是不是家族的遗传，我一门心思想的是爸爸、爷爷都问到的那同一个问题。我决定回家……

上小学的儿子回来了，我坐在智能沙发上问他："今天学了些什么呀？""忘了！"儿子把书包扔向机器小保姆，随口答道。我生气极了，站起来就给了他一个耳光，大声骂道："什么，忘了？你这样做怎么对得起你如此优越的生活？你知不知道我小时候有多苦？我为你拼命地工作，你现在才能用上我们刚开发出来的光速飞行器！"儿子低下头，无声地哭了。

"天空是什么颜色的？灰色。大海是什么颜色的？黑色。我们的牙齿呢？"电视里在播放牙膏广告。我被这广告词惊呆了，我猛然想起了什么……儿子慢慢抬起他哭丧着的脸，看着他，我狠狠地给了自己一记耳光……

文/危 文

爱护自然，从我做起

　　从故事中我们可以看见主人公生活的自然环境是很恶劣的，因为连海水都变成黑色的了，我们不禁为他感到悲哀。

　　故事中爷爷、爸爸、"我"和"我"的儿子所处时代的交通工具告诉我们，社会在不断进步，科技也日益发达，但海水却不断地改变颜色，最后变成了黑色，这就告诉我们，我们的大自然环境正在不断地恶化。

　　大自然是我们人类赖以生存的环境。青山给我们满眼绿色，可以陶冶我们的性情；大海能使我们视野开阔，心胸广大，深蓝的海水使我们感觉舒服，各种鸟、兽、虫、鱼让我们的世界更加充满生气和活力……但我们的城市垃圾却是一天一座小山地堆起来，各种动植物正在不断减少，污水和污气毫无顾忌地排放……结果，威胁我们生命的疾病在不断增多，我们想喝干净的水和呼吸新鲜的空气都成了难题。

　　我们的科技进步了，社会进步了，但不能以牺牲自然环境为代价。大自然是我们的生存家园，我们要保护它，我们要从自身做起，从每一件小事做起，同时，也要积极地告诫你身边的人要爱护自然。这样，我们才能拥有一个美丽和谐的大自然。

　　　　　　　　　　　　　　　　　　　　赏析/陈耀江

奇特的滑冰场

在这太阳猛烈得可以把人榨出油的地方,他们居然滑起冰了……

东东是四年级的学生,他放寒假后便到他的伯伯家里去玩。他的伯伯家住在非洲。伯伯家里只有一个小男孩,比东东大三岁,已经上初中一年级了。他的名字叫小龙。东东和小龙已经不是第一次见面了,并且他们也很合得来。在一起玩得很开心。

一天,小龙对东东说:"明天咱们去滑冰吧!"

东东很是惊讶地说:"滑冰?这里有滑冰场吗?"

"有,明天你一看就知道了!"小龙回答说。

第二天,他们匆匆吃过早饭,带着冰鞋和一些必备的物品就来到了儿童娱乐园。在娱乐园的一块大空地前,小龙停住了脚步说:"到了。"东东左顾右盼地看着,怎么也没有看到滑冰场在哪,终于他忍不住了问道:"小龙哥哥,滑冰场在哪里呀?"

小龙指着面前的空地说:"就是这里了!"

"可是冰在哪儿呢?"东东又问。

"这不,正往外抬呢!"小龙指着对面屋子里出来的四五个人说。

东东仔细一看,原来对面的屋子里出来了几个人,他们的手里抬着一大包东西。不一会儿,这几个人就来到了空地的中央。他们把手中的大包打开后,东东才看清,原来是一个折叠的气囊。东东瞪着眼睛看着。只见那几个叔叔把气囊打开后。用一个气泵往气囊里面开始充气了。不一会儿,气囊就鼓了起来。然后,这些叔叔们往气囊的上面洒了一些什么东西。只有几分钟的功夫,气囊的上面就结了一层冰。

　　于是东东就和小龙以及其他在等候的小朋友们一起开始滑冰。边滑冰东东边想:原来滑冰场这么容易就做成了。他把他的想法对小龙讲了,小龙听了之后乐得哈哈直笑。小龙对东东说:"这些都是科技的力量。"

　　就这样,他们高高兴兴地玩了一天。到结束的时候,只见那些叔叔们又在冰上洒了一些东西,那些冰就消失得无影无踪了。东东对这件事的印象很深刻。回来后他就把这件事讲给了所有的小朋友们听。

文/佚　名

我在非洲滑冰

　　世界就像变化无穷的万花筒,在五彩缤纷的生活中,人类是主人,人类能够通过自己的智慧改造事物,改造世界,获得意愿中的但又那么离奇的结果。

　　本文的背景是在非洲, 描写了高科技作用下人类生活的一角:在这太阳猛烈得可以把人榨出油的地方,他们居然滑起冰了,神奇就在于气囊,本文语言简洁,易懂。想象超乎现实,但却是千万非洲人们的期盼。

　　故事当中,叔叔们在气囊中充的是什么气体呢?在气囊的上面洒的是什么东西呢? 为什么只要几分钟气囊的上面就能结了一层冰? 究竟又是什么使那些冰一下子就消失得无影无踪呢?最后也没点明形成滑冰环境的具体原因,引导我们的沉思,只说出了根本原因——科技的力量,这就是科学的奥妙,这就是科技力量,这就是人类的智慧!

　　写好一个短篇的科幻故事并不容易, 此文短但内容不浮浅,主题也深刻,它反映了我们的生活还有好多不如意的地方,必须得靠科幻来改善我们的生活,让不同地方的人们可以感受各种各样的不同文化,大家都不会孤陋寡闻,都可以快乐地生活。

赏析/温洪江

没有触觉的世界

让现代人和历史人物见面谈话，用这种
方式检索历史资料。

历史系研究生柳莺和电脑研究所的黄丽苹，正在进行一项令人难忘的试验。黄丽苹把信息输入电子计算机，按下按钮。刹那间，大厅一片黑暗。

等大厅完全转亮，眼前变成了故宫里的大殿。远处殿上正中间坐着珠光宝气的慈禧太后，她正在闭目养神，心安理得地接受大臣们的朝拜。原来，这是全信息立体成像，人物和景象都是根据电子计算机里储存的历史信息构成的。景象全部采用自然色彩，加上立体声扬声系统、人工嗅觉以及温度冷暖的模拟，使人仿佛回到了历史年代中去。设计和制造这个系统是为了让现代人和历史人物见面谈话，用这种方式检索历史资料。谈话时，电脑会根据你的问题，根据人物的全部历史资料，用"对策论"求出答案，这只需要十亿分之一秒。但是历史人物是不是立刻回答，还要看他的性格，他当时的情绪、态度等。这是用模糊数学算出来的，求出人物在当时"最可能的反应"。

两位姑娘向前走去。从两边走过来两个武士，在她们头顶的后面把刀一架，"当"的一声，柳莺感到后脖子上掠过一股寒气。因为这个系统是没有触觉的，所以他们的刀是砍不着姑娘们的。

"何事喧哗？"殿上的慈禧太后闻声睁开眼睛。一个领班的武士半跪着报告说："启禀太后，有两个番邦女子闯殿！"黄丽苹对柳莺说：

"这倒是他们最可能的反应，他们把我们当成外国人了。"不料她们的谈话被身后的武士听到了，他冲上前去，大声报告说："启禀太后，这两个女子不是来自番邦，刚才奴才听到她们说的是京韵汉话！"

慈禧太后一惊，脸色突变，说："不是西国女子，这等装束成何体统！是西洋人尚可以礼相待，若是奴才，斩讫报来！"黄丽苹气愤地向慈禧太后喊道："你有什么权利无故杀人？是外国人就以礼相待，是中国人就杀，你这是什么道理！"慈禧太后气得往后一仰，两手哆嗦着招呼武士："还不快给我把她们拉出去，凌迟处死！"

黄丽苹一看大势不好，猛回头，在那群大臣后面，就是停机按钮的红光。她不顾身后的刀斧手以兵器相逼，转身一跳，窜进大臣当中，跨过那些虔诚的大臣们匍匐的身躯，向红光奔去。灯熄了，混乱声戛然而止。

等灯光复明，柳莺发现自己站在大厅正中间，黄丽苹站在墙角停机按钮那边。两个人想起刚才殿上那一场混乱，隔着半个大厅相视着大笑起来。

文/步　实

再现真实的历史对话

　　面对面与历史人物交谈，亲临历史现场，感受历史事件——这些都是历史学家梦寐以求的检索历史的最佳方案。在这篇《没有触觉的世界》中，历史系研究生柳莺和电脑研究所的黄丽苹通过现代科技，重现了历史场景，创造了一个立体全息的影像，让历史人物"活"了起来，并且还有模糊数学、对策论支持历史人物作出"最可能的反应"。

　　文章通篇都极富逻辑性，事件的安排、故事的冲突发展描写得细腻生动，让读者如临其境，让古今人类见面时发生的矛盾显得有趣而有深意。对人物的动作描写十分出彩：黄丽苹猛回头，转身一跳，窜进大臣当中，跨过大臣们，向红光奔去，写出了人物的临危不乱和事件的紧张感。作者特别安排这项试验首先见到的就是清朝慈禧太后与一众愚臣，大出了现代人对崇洋媚外、是非不分的慈禧太后卖国行径的一口闷气，可以说是真正的以今讽古。

　　作者合理的想象，让整篇文章符合常理而有真实感。

赏析/许妍敏

灵 感 药

灵感不是刻意去追求就能得到的，它是
人类一刹那思维碰撞出的智慧的火花，只有
生活的有心人才能得到它。

　　上帝啊，给我时间完成这个吧，我所剩时间不多。真该怪自己太容易相信他们。他们真该下地狱，受炼火的痛苦煎熬。魔鬼也不应该宽恕他们对世界犯下的滔天罪行。我想没有人会忘记这事。而现在我是唯一一个能写下这个的人。我想我快不行了。我要安静下来，写完这个，要不然，一切都晚了。

　　这一切都从那时开始(哦，我用了多少次"开始"这个词作为故事的开端)。我在《鲁纳杂志》上看到一则广告，广告标题是《需要灵感吗？》，这深深地吸引了我的眼球。你知道的，我是个作家，且是名作家的那种，我对自己这样安慰道。我一直在等待自己写出好的作品，但我总是受创，受到打击，世上的霉运都被我碰上了。灵感药像是灵验了我的祈祷，而我已经不管它是否不雅。我和当时其他的一些名作家都寄出了十美元订购我们想要的灵感药，只要花十美元，有点难以置信，不是吗？

　　过了二十八天后，药寄到我们的手中。我像小时候拆圣诞礼物那样，又惊又喜地打开那小小的精巧盒子。看完说明书后，我服下了一粒药,灵感马上就来了,思如泉涌啊。我坐在打字机前一直写啊。写了两个钟头后,我才停笔,回看自己写的,不错的题材,这可是我最好的作品之一。过了不久,各大报纸争相报道这神奇的灵感药。

之后,许多好作品如雨后春笋般出现,但好景不长。当人人都服用灵感药时,就出现了一种诵读困难的迹象。后来发现,灵感药在刺激左脑的荷尔蒙分泌和大脑的活动来提高写作能力的同时,大脑的其他机能相应地被侵蚀,药服用量越大,变化就越快。即使你只服过一粒药,阅读困难也迟早会出现。我已经察觉到它已经作用在我身上了。

那些写论文的博士们已经开始丧失他们的能力,老师们也不会阅读了,连小学生都比不上。互联网瘫痪了,文明的社会一下子陷入混乱。而那些发布广告的"好心人士"在这时却都从地球上销声匿迹了。这时,从外太空的宇航员传回报道:一艘巨大的太空船正在我们的地球上空盘旋,外星人最后毁灭了人类。这是一个怎样的故事啊。某天我得把这个故事记下来。外星人还留下一条留言:

> 灵感药?你们人类啊,真是愚昧无知,什么都信。我们还以为你们早有警戒,料到神奇的灵感药是我们在作祟。六百万年后,我们会再次踏足,再次破坏你们的文明。我们不会对你们赶尽杀绝,这样会缺少很多乐趣。希望你们看到这条留言时,还能看得懂。如果看不懂,也没有什么大的损失。安息吧。

事情就是这样,也许有人没有吃灵感药,但他们一样会死,因为世上没有医生了。我诚心地希望人类不会回到原始的状态,因为那是对生命的浪费。生命太短,转瞬即逝,我们承受不起变得一无所有后从头再来。

文/[美]詹尼弗·玛可维卡

抓住灵感的方法

文中,急切想得到灵感的"我",和很多同样想法的人,用便宜的价钱就买到了"灵感药",可是,虽然灵感出现了,写出了好作品,但是人们丧失了阅读理解的能力,再好的作品也白费了。而且这些灵感药是外星人用来破坏人类文明的，它虽然能够提高灵感，却侵蚀了大脑的其他能力，让人的大脑逐渐瘫痪。外星人仅仅靠一些所谓的"灵感药"，就能使人类的文明社会陷入混乱，真是杀人不见血。人们也因为缺少防备心，没有注意到外星人的邪恶用心，才会上当受骗，被外星人当做游戏一样玩。文明遭受破坏，人类社会也可能会丧失了文明，回到最原始的状态。这样追求灵感的代价太大了。

其实灵感不是刻意去追求就能得到的，它是人类一刹那思维碰撞出的智慧的火花，是很自然就出现的，并且一闪而过，只有生活的有心人才能得到它。刻意靠外力得到的灵感不是真正的灵感，只有时时刻刻留意生活的每一个细节，感受生活的美好，利用活跃的大脑，才能抓住犹如闪电一般掠过脑海的灵感，创造出令人满意的作品。

赏析/韩文亮

盒子里的交响乐团

张教授激动地说："这两台电子计算机，已初步具备了直接通过乐谱理解人类的感情，并通过音乐表达人类感情的能力。"

食堂门旁的布告专栏上，贴着一张音乐晚会的海报，上面写着"演出单位：DZ交响团；举办单位：电子计算机研究所、声学研究所。指挥：张秉章教授。"

我随着人群拥进礼堂。这时，场内人声嘈杂。奇怪的是，前台无声响,后台也没人影。离演出时间只有一刻钟了,这个乐团的人都上哪儿去了?我正在纳闷,张秉章教授神秘地笑了笑,拍了拍茶几上的一个盒子,说:"喏,乐团的人都在这里边。"我不禁一愣。

第一遍铃响了,演出马上开始。我按张教授的吩咐,小心翼翼地把盒子搬上舞台。这时,我才注意到,舞台左侧的边幕那儿,还有一台半人高的长方盒子,上面写着"DZDPJ"几个字母,那是一台大型电子计算机。演出要电子计算机干什么?这时,第二遍铃响了。丝绒大幕徐徐拉开,女报幕员用清脆的声音说道:"DZ 交响乐团首次演出现在开始!演出节目:贝多芬的第九交响乐。指挥:张秉章教授。"

张秉章教授手里拿着一叠乐谱,却没有拿指挥棒。没有指挥棒怎么指挥乐团?只见他不慌不忙地把乐谱向听众扬了扬,然后走到舞台左侧的电子计算机旁,把乐谱一股脑儿塞进计算机中,接着按动了几个按钮,计算机开动了。张教授掀起计算机上面的一个盖子,取出一卷黑色的宽幅穿孔带。接下来他和我一起走到那个神秘的盒子旁边,我协助他把那卷穿孔带装在盒子里。张教授按动了三个浅绿色的长钮,穿孔带立刻移动了起来。

突然,舞台响起了气势磅礴的交响乐声。顿时,我的全部注意力像被磁铁吸住了一样。此刻,有谁能区别出这不是真正的乐器在演奏呢?你听,各种乐器的音色多么逼真、优美,演奏的音乐旋律多么和谐、富有感情。回绕在大厅里的余音刚落,全场便响起了暴风雨般的掌声。张教授走到话筒前,激动地说道:"同志们,今天的音乐会,实际上是电子计算机的音乐会。经过我们研究所的共同努力,这两台电子计算机已初步具备了直接通过乐谱理解人类的感情,并通过音乐表达人类感情的能力。但是,这仅仅是个开端,更深入的研究工作,有待继续努力去完成……"张教授简短的讲话,赢得了暴风雨般的掌声。

文/郑济元

模仿永远不能代替真情

交响乐最能反映人们的感情,是集体演奏才能表现出来的。像文中利用电脑去理解人类的感情,自动读"贝多芬的第九交响乐"的乐谱,演奏交响乐,的确是科技的一大进步。但是在那些逼真的模仿背后,总觉得好像少了一点儿人情味。

创作者集中了自己所有的感官,去把人类的各种情感集中起来,创作了交响乐。交响乐可以说是最复杂的感情集合体。演奏者用心演奏,不仅能使自己的感情得到陶冶,还能熏陶听众。而听众也能从如痴如醉地沉浸在音乐中的演奏者身上,感受到音乐的魅力。而通过电脑"盒子"演奏的交响乐,即使模仿人类的能力再好,模仿的情感再逼真,也只是模仿而已,并不是真的,并不能代替人类的感情。机器无论再怎么通过指令去模仿,也永远无法体会人类真正的复杂而且丰富多变的感情。

感情是要自己用心去体会的,音乐也是要靠自己体会的。听交响乐,当然是要听由感情丰沛的人组成的真正的交响乐团去演奏啦。

赏析/韩文亮

会说话的钞票

通过国际金融中心的一致努力,经过一个多月的艰苦工作,地球上终于产出了新型钞票——会说话的钞票。

地球上伪钞成灾,以至于现钞难以流通。地球人正处于巨大的灾难之中,外星人决定派金妮斯纳小姐来解决地球上的伪钞问题。

一位亭亭玉立，面容姣美，长发披肩的外星人少女乘着她的"宇宙美人鱼"号光箭顷刻间急驰到地球上空。这已经是她第二次来地球了。第一次是她作为特邀代表参加地球国际金融中心的落成典礼。经过仔细辨认，她才从容不迫地在弗兰的二百一十六层高的国际金融中心的楼顶上降落了。如今，这里已今非昔比，上次她来的时候，这里有五彩缤纷的旗帜、五颜六色的灯光和那汹涌的人流、那富丽堂皇的办公室，看了这些真让人激动啊。可现在，这里像一个黛色的大山，整幢大楼零星地点缀着昏黄的灯光，万籁俱寂。看来地球的确被伪钞坑苦了，一想起这残酷的局面，金妮斯纳顾不上旅途劳累，急忙找有关人员商量办法。原国际金融中心总董事长已经引咎辞职，经董事会研究任命金妮斯纳为临时总董事长。

金妮斯纳总董事长告诉大家，这次她带来了新研制的辨认伪钞的灵丹妙药——光电液。把这种液体滴在钞票上，真钞票就会发出轻柔的声音："你好！我是真的，谢谢！"如果是假钞就很快烧掉。

说着她取出了一个五色的透明的瓶子，告诉大家，这种药品是由地球上没有的元素研制出来的，是仿造不出来的。最后，她又取出二十套准备的专用仪器，教国际金融中心的二十几位正、副部长学士使用这些仪器和药品。然后奔赴五大洲的一百多个国家和地区的国库逐一辨认，经过辨别的纸币上留下的印痕永不会消失。

通过国际金融中心的一致努力，经过一个多月的艰苦工作，地球上终于产出了新型钞票——会说话的钞票。

金妮斯纳小姐离开地球时，国际金融中心又恢复了往日的繁荣与热闹，交易大厅里，人们络绎不绝。她高兴地乘着"宇宙美人鱼"号光箭急驰到宇宙中。突然座舱传来一个轻柔的声音："金妮斯纳小姐，谢谢你！"原来是一张新式钞票不知什么时候溜进了舱内。

文/佚　名

让假币无处可逃

假币像一条害人的毒虫，它只有坏处而没有一丝好处。当地球上伪钞成灾，以至于现钞难以流通的时候，我们的地球会面临怎样的灾难呢？每个人都想拿着伪钞买东西，但又担心会被发现；卖东西的人时时在担心会收到假币，于是在收钱时不断地检查；一些违法制假币的人却大发横财，而一些正当做事的人却深受其害。结果是社会上人心惶惶，混乱不堪。

或许，如果真有像金妮斯纳那样的外星人能为我们制造辨认伪钞的灵丹妙药，那么我们就不会担心会有假币了，但我们不能总是把希望寄托在这样的产品上。最重要的是，我们要一起来消灭假币，让它们无处可逃。当你身边的朋友想用假币时，要及时劝说他们不要用；当遇到制造假币、炒卖假币的人时，要及时通知警察叔叔；不小心拿到假币了，也要把它交给银行或交给警察，而不要用假币买东西。这样，假币就没地方躲藏了，那么，我们也就不用制造验钞的"灵丹妙药"了。

假币像一条条毒虫，我们要一起行动起来把这些毒虫都杀死，让它们无处可逃。

赏析/陈耀江

永 恒 的 爱

拼尽全身力气，向茫茫太空喊出她最后的一声呼唤："我永远爱您，我的妈妈！"

突发 Rn 怪症的妈妈，在病床上已经昏迷两天了，医生说虽然她已基本度过危险期，但还是要小心看护。

这两天,我一直守在妈妈的病床前,不时凝望她那饱经风霜的脸庞,一遍又一遍地默默向上苍祈祷。

　　今天护士小刘给妈妈换了输液瓶后,陪我守护了许久。她本来就是我的好朋友,现在自然对我妈妈的安危格外关心。这时,她像突然想起来似的,唤着我的乳名说:"兰儿,听说,在遥远的零星有一种专治Rn症的药,叫零兰花,你听说过吗?"

　　"真的吗?"我一下子激动了,急切问道,"它是什么样的?快告诉我!"

　　"我也不大清楚,只是有一次偶然听人说它是蓝叶、红花……可是,你没有办法去取到它呀!"

　　当晚,我为零兰花弄得失眠了,经过一番思考,我决定暂时离开妈妈去一趟零星。其实,去零星对我这个国际宇航中心的高材生,实在不是什么难事。只是我听说零星上有一种极不稳定的辐射线,它没有固定的辐射时间,每次辐射的时间虽很短,但能量却极大;人们还从观察中发现具有辐射能力的这种物质,只具有一次辐射性。但这究竟是一种什么物质,人们还未得知。这无疑对我是一个很大的威胁,而我的直觉也在冥冥中告诉我:这次去零星说不定将成为我和妈妈的永别。但是我想起妈妈当年生我时难产,几乎丢掉性命,后来爸爸又抛弃了我们母女,她独力支撑着把我拉扯大,才累出一身疾病,我便不再犹豫不决了。

　　第二天一早,我做好了出发的准备。临行前,我含泪对前来送我的小刘叮嘱道:"两天后你再来这里接我,如果只有飞船回来,那就请你以后帮我照顾好我妈妈……"

　　"不,别这么想,"小刘也哽咽着说,"你放心去吧,我等着你平安回来……"

　　我进了飞船,按下自动飞行按钮。飞船启动升空后,一路都很顺利,我安全地到达了目的地——零星。它给我的第一感觉是——荒凉得近乎神秘,神秘得令人毛骨悚然。

　　它到处都是一片漆黑,使人感觉黑暗在将你越缚越紧,浸入你的每一个汗毛孔里。我为了驱走恐怖,看清地面,不得不打开了探照灯。

　　我正准备走下飞船步行去寻找零兰花,忽然发现在探照灯的光圈以上的地方有一点幽幽的红光。呵,那不就是我要寻找的宝贝吗?我兴奋极了!

为了防止意外,我穿好流线型宇宙服下了飞船。虽然零星的引力比较大,但我还能够正常走动。我急步走到零兰花跟前,仔细地观察着这一株未开的零兰花。半寸来长的墨绿色的茎和蓝紫色的叶子,泛出幽幽的蓝色光,花蕾则呈曙红色,神秘极了,美丽极了。我轻轻伸出手去摘,生怕它会因受到惊吓而突然消失。

忽然,我手上拿着的零兰花在一瞬间开放了,花瓣舒展开来,光芒四射,美艳无比。而在它开放的一刹那,我感到自己的生理机能严重紊乱,浑身酸疼,我很快意识到这全是巨大的辐射线造成的结果——这辐射线是我的宇宙服所无法抵挡的。我又明白了,原来零星上的放射物就是零兰花开放时绽出的红色花蕊,当它未开而呈花蕾时,花瓣又恰巧是阻隔这种射线的最好防护罩。

几秒钟后,我不再有被辐射的感觉,但我却知道自己的生命快要结束了。我拿着已没有辐射性的零兰花艰难地走回飞船,把它放在我坐过的位置上,然后用我生命的最后时间把零星上的辐射线之谜输入电脑,并在最后附上一句:妈妈,请原谅女儿离你远去。这全是女儿对您的爱。

这一切做完后,我感到自己已快不行了,我用发抖的手按下了飞船的自动飞行按钮,关上舱门,目送飞船远去……

之后,我向着地球的方向倒了下去,就在我倒下去的一瞬间,我拼尽全身力气,向茫茫太空喊道:“我永远爱您,我的妈妈!”

文/庄　琨

我永远爱你,我的妈妈

文章中的女儿,为了找到可以治好妈妈怪病的药,冒着生命危险,毫不犹豫地驾着宇宙飞船飞向零星。这真是催人泪下,我们读者无不为之感动。而在现实社会中,人们往往重视对下一代的关心,而忽略了对上一代的关怀。对父母的孝敬,我们不仅应满足他们物质上的需要，更重要的是给予他们精神安慰。父母辛辛苦苦地养大我们，事事都为我们操心。我们长大以后一定要好好孝敬父母。

文中所表达的感情却是至真至诚的，通过叙述主人公"兰儿"为了救她母亲，冒死到零星上去取"零兰花"这一经历——花是取到了，但兰儿却因为受到辐射杀伤回不来了，她耗尽自己的最后的生命在电脑里留下零星的辐射之谜后，启动飞船让它自动飞回地球。目送飞船远去……她向着地球的方向倒下了，拼尽全身力气，向茫茫太空喊出她最后的一声呼唤："我永远爱您，我的妈妈！"

赏析/黄　潘

灵感不是刻意去追求就能得到的，它是人类一刹那思维碰撞出的智慧的火花，是很自然就出现的，并且一闪而过，只有生活的有心人才能得到它。

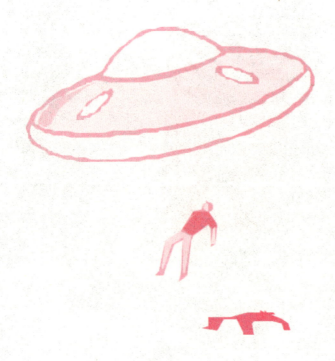

第八辑　奇异功能夏令营

作业有点多，我们皱皱眉头。烦恼来得有些勤，跟着学期一起开学一起放假。总想在大考来临前让时间像没电的手表一样静止，我们才不会心慌。在老师管得不太严的自习时，我们会不由自主地陷入无边无际的沉思：多想要一个假期，时间随我们来决定，内容让我们自己填充，成员没有任何规定。爸爸妈妈说，好，一切都依。于是我们欣然前往，到了一看，果然是一个快乐之地。但大人给那个地儿起了个奇怪的名字，叫夏令营。

充满神奇的大地
我们感受别样的成长

时间为我停止

我应该鼓起勇气。时间帮了我一把，我就得回报时间，我要珍惜眼下的每一秒钟，去弥补昨天失去的时间。

时间！什么是时间，它到底是什么？人类不断地探索，但是谁也无法准确解释。我喜欢时间也讨厌时间；有时还戏弄时间，同时也被时间戏弄……

在育才学校已有一年了，作为寝室长的我，始终不能让全校最差寝室的称号从我班抹掉。我很内疚，决定"引咎辞职"。在班会上我提了出来。

"你为什么不当寝室长了？"老师问道。

"我是班上的调皮蛋，连自己都管不了，怎么能带动全寝室的同学呢？"

"那么，你想就这么玩下去？时间无情，眨眼间你已失去一年，是不是还要失去一年？是不是你的青春时光很长，还可以随意挥霍呢？"

老师的一连串责问，语气并不怎么严厉，但表达出来的意思却足以攻垮我的思维。我脑子里一片空白，血液冲击着的大脑中不断传递的信息只有空白，我需要时间调整——不，没有时间，我的回答必须在老师对我失去信心之前，一分钟，可能只有三十秒，也许……心脏的跳动正如倒计时的读秒，这时得到了大脑的第一条信息："我不能失去这一点点时间，它太重要了！"老师的表情告诉我，他的耐心已经到达了极限。此刻，我大脑的细胞几乎乱得连"怎么办"也无法显示出来。

终于,我得到了大脑传递给我的几乎残忍的信息:"你已经没有希望了!"从小到大,曾有不少人在我面前说过这话,而每每这个时候就会有一股力量支撑着我,我不知道它是怎么来的。现在,我只感觉自己好像正在脱离这个空间……

我尽力使大脑恢复正常。渐渐地,思维开始清晰,同时,脱离空间的感觉也越来越强烈,一个个的信息在不断传送:"即使只有一秒钟或十分之一秒,我也要争取……"

我的大脑正在紧张运转,忽然接受了一个令人吃惊的视觉信息:同学们的动作已经凝固,谁不小心碰掉的一块橡皮正停在半空中;老师成了真人塑像,失望的面孔表现得淋漓尽致;窗外,秋风吹落的树叶,空中飞翔的小鸟,喷水池的水花,都如定格的电影镜头,成为一幅静景画!"嗨!"我大声地向同学们叫喊,却没有任何反应,触觉信息也没有了,我不能感觉任何东西,摸不着桌子,碰不着板凳,就像在另外一个空间飘浮。"时间停止了?"我不敢肯定,同时收到了大脑的另一个信息:"是不是在做梦?"但我很快排除了第二种可能——我咬了一下舌头,好痛。"时间停止了!"我好惊讶、激动、高兴,也有一点恐惧。时间确确实实停止了,万事万物都是静止的。"机会!"我要把握这个机会,现在我脑子里十分清醒。

我应该鼓起勇气。时间帮了我一把,我就得回报时间,我要珍惜眼下的每一秒钟,去弥补昨天失去的时间……"老师,这个寝室长我当定了!"这声音在教室里久久回荡。瞬间,老师的脸上露出了笑意,同学们开始活动,一切恢复正常……

晚上,我听到了电台的一条新闻:"中午有不明飞行物在育才学校上空停留了五分钟……"

文/朱 伟

扼住时间的喉咙

"我"是一名捣蛋鬼,作为寝室长,始终不能让全校最差寝室的称号从"我"班抹掉。"我"很内疚,决定"引咎辞职",在回答老师的问题时,"我"不知该怎么办,但时间为"我"停住了,终于，经过一番思想的斗争，"我"握住了时间的喉咙，决定改过自新，好好珍惜时间。

小故事中的"我"是幸运的，时间可以为他停下来，让他有足够的时间去思考。但现实中时间能不能停下来呢？它会不会等你呢？答案是否定的。没有谁能为我们的时间付账，时间过去就永远过去了，这就需要我们抓紧时间，做一些有意义的事，而不能虚度光阴。我们也不能拖拖拉拉做事，而应该果断做事。

时间就是金钱，时间就是生命，时间不等人。当你在温床里睡懒觉的时候，时间就从床上过去了；当你在漫无边际地闲聊时，时间就从你的嘴边溜走了；当你在玩毫无意义的游戏时，时间就在游戏中被消耗掉了……但当你后悔的时候，时间都已经过去，你也追悔莫及。

因此，我们应该珍惜眼下的每一秒钟，去弥补昨天失去的时间，我们应该紧紧握住时间的喉咙……

赏析/陈耀江

奇异功能夏令营

在开拓宇宙的伟大事业中，我们同时也
要把人类自身的能力提到新的、历史上任何
时候都不曾有过的高度。

暑假，谷雨和小寒兄弟收到一封由中国生物物理学会寄来的信，谷雨刚想拆信，小寒把它抢了过去，放在腋下，头脑里立刻"感觉"出信里的内容:邀请他俩去参加在北津市举行的奇异功能夏令营。

哥儿俩在去北津的火车上,遇到一个叫夏雪莉的小姑娘。刚一见面,她就叫出了他们的姓名。原来,小姑娘也有奇异功能,她能感觉出谷雨书包里的邀请信上的名字。她也是被邀请去参加夏令营的。

到了北津的夏令营,他们三人和一个叫佟晓翔的编在一个小组里。佟晓翔也有奇异功能,他能感觉到别人头脑里在想些什么。

吃晚饭时,夏令营的胡主任对大家宣布说:"饭后将在山坡下的谷地里举行有许多科学家参加的篝火晚会。"

晚会的主要节目是由各路小朋友表演。第一个表演的是李小晖,他拿着一本《安徒生童话选集》,一边用两手在书上摸索,一边朗诵《皇帝的新装》的故事。这时,一个女科学家递给他一本书,尽管这本书上写的内容他一点也不懂,但读得和刚才一样,一字不错。

第二个表演的是一个叫韩云岚的女同学。她能透过帐篷看到里面的东西,这使在座的邓教授大为惊奇。

在夏令营安排的一次远足中,一个叫陆志浩的男孩透过湖水,不仅看到湖里的鲢鱼、草鱼和青鱼,而且还看到了湖底躺着一块石碑,上面刻着"先考张公君房之墓"几个字。

后来,他们走到一处宽敞的阳坡,韩云岚感觉出地下十几米深处有一个很大的箱子。箱子里面有一副骨头,骨头周围有绸缎、珠子,还有一大堆金器……她发现了一个地下古墓。邓教授感慨地说:"人体的奇异功能比先进仪器的本领还要高出一头。这个古墓和棺椁里的东西,现代哪一种仪器能这么快地探测到?人的奇异功能正是人类需要加以开发的潜在能力,也代表了人类自身发展前途。在开拓宇宙的伟大事业中,我们同时也要把人类自身的能力提到新的、历史上任何时候都不曾有过的高度。"

文/郑文光

人类潜力不可限量

第六感一直是人们热衷的话题,而这篇《奇异功能夏令营》可以说就是一篇关于人类第六感的遐想。"感觉"到而不是

"看"到文字就能准确说出内容；透过帐篷看到里面的东西；透过湖水，看到湖里的事物……这些奇异功能都是关于"透视眼"这个有吸引力的话题的。

作者用记叙的手法，日记式的开头，开门见山的写法，一下子就引起了读者的兴趣：这个奇异功能夏令营该多有意思呀！而在去夏令营的火车上，作者安排了一个同样有感觉文字能力的小女孩，让读者的兴趣更加浓厚。在夏令营里，有能够感觉人思想的晓翔，有靠感觉阅读的小晖，有能透视事物的云岚、志浩，营员们逐渐展示出的奇异功能让读者"大饱眼福"。

文章高潮之处，"透视眼"云岚发现了一个地下古墓，这是一个多么令人振奋的好消息。在此基础上，文章的主旨出现了：人类的潜力不可限量，我们要努力提高自身能力，为开拓事业作出贡献。

赏析/许妍敏

网 络 警 犬

网络是一个虚拟的世界，看不见摸不着，那么网络犯罪怎么跟踪破案呢？

早上，项小天刚刚来到自己班的门外，就听见好朋友张杰在里面大声地嚷嚷着。项小天推门刚走了进去，张杰就跑到他的面前，大声说："小天，我完了……哦，不是我完了，是……"项小天不解地问："到底是怎么回事？出什么问题了？"

张杰深深地吸了口气，又思考了一会儿，才继续说："是这么回事，我网络游戏的账号被骗子骗走了。"项小天听完后说："被骗子骗走了，怎么可能呢？"张杰叹了口气说："是真的，昨天我玩游戏的时候，和一个人聊天来着，这个人说自己是游戏的 GM（游戏管理员），他说我非常幸运地得到了一个大奖，可以让我的英雄提升二十级，并加送顶级装备。我一听就动心了，追问他要怎么领奖，他告诉我十分的简单，只要我把账号给他就可以了。我当时也没有多想，就把账号给他了。哪知道他是一个骗子，给他之后就不再给我了，并改了密码。我辛苦练了那么长时间的英雄就这样没有了，唉！现在我要怎么办才好啊！小天，你能帮帮我吗？"

项小天想了一下，说道："或许可以吧。"张杰听完之后突然蹦了起来，然后抓住项小天的手说："小天，快告诉我你有什么办法？"项小天摇摇头说："现在不行，等放学之后你跟我一起去一个地方就知道答案了。"说完不再理会张杰的追问，自己坐到座位上看起书来。

放学的时间在张杰的盼望下终于到来了。铃声一响，张杰就立刻拉着项小天跑出了教室。项小天急忙喊道："张杰，你不要这么着急啊！"张杰根本就不理会项小天的话，一口气跑到学校的门口才停下来喘着气说："小天，快带我去你说的地方吧，我都快急死了。"项小天无奈地耸耸肩说："好吧，赶紧跟着我吧。"说完转身走了，张杰急忙跟了上去。

项小天一直走到警察局附近才停了下来，然后说："好了，就是这里了。"张杰看着"警察"这两个字，心里突然有一种莫名的恐惧。他小声地对项小天说道："小天，你说的不会是警察局吧，我这事儿是让人十分气愤，不过还没有到要用警察叔叔帮忙的地步吧？我看还是算了。"项小天冲张杰笑了笑，然后不由分说就把张杰拽进了警察局里。

项小天拽着张杰来到了一个警察叔叔的面前问道："叔叔，您好！网络部的大罗叔叔在吗？"警察叔叔低头看了项小天他们一眼后说："在，就在走廊的第二个门那里。"项小天谢了警察叔叔后，带着张杰来到了一个门前，用手轻轻敲了敲门。就听见一个和蔼的声音在里面说："请进。"项小天立刻就带着张杰走了进去。

大罗叔叔一看是项小天就问道："天天，你来这里干什么？你爸爸让你来的吗？"项小天赶紧回答道："不是，不过也有点关系。"大罗笑着说："小家伙，说话怎么这么难懂，快说到底是怎么回事？"项小天就把张杰丢失账号的事情告诉了大罗叔叔，最后说："爸爸今天也让我来这里问您网络警犬的工作状态怎么样，所以我就把张杰带来了，正好可以现场测试一下。"大罗听完后说："好，那就让我们现场测试一下。来，张杰，告诉我你的账号是多少。"张杰疑惑地说出了自己的账号。大罗叔叔听完后，立刻打开了一个程序，在里面输入了张杰的账号。然后就见一只小狗出现在屏幕上，而屏幕也变成了一个大的城市地图。小狗在地图上不停地跑着，不一会儿就在一个地方停了下来不停地叫着。紧接着，屏幕上显示了那里的地名和具体的门牌号。大罗叔叔用鼠标点了一下确定键，小狗就消失不见了，前后不过三分钟的时间。

　　大罗叔叔做完操作后，对张杰说："好了，偷你账号的那个家伙已经被抓到了，再过一会儿就可以还给你。"张杰不解地看着大罗叔叔，忙追问这到底是怎么回事。大罗叔叔看了项小天一眼后说："还是让天天告诉你吧。"项小天尴尬地笑了一下，说道："这其实很简单，刚才大罗叔叔用的是我爸爸最近开发出来的一个针对网络犯罪而设计的程序，只要知道对方的网络名称，任何在网络留下的记录，都可以找到他。它就像一只警犬一样，可以根据气味找到罪犯，找到之后就会自动通知离罪犯最近的警察叔叔，从而把他抓住。"正说着一张传真从传真机里传了过来，大罗叔叔拿到手里笑着说："好了，已经解决了。"然后把传真递给张杰说："这上面是你的账号，不要再弄丢了啊。"张杰不停地点着头说谢谢。

　　这时项小天问道："大罗叔叔，您对这个程序还满意吗？"大罗叔叔想了一下后说道："很满意，不过回去告诉你爸爸，那只小狗的样子太可爱了，总觉得不像是警犬。"说完三个人都开心地笑了起来。

文/原如阳

网络犯罪

　　在现实中如果上当受骗了，我们一定会愤愤不平，而在虚拟的网络世界里，当网民们的 QQ 账号、游戏账号，诸如此类的账号被骗后，我们又会怎么样呢？重新申请一个吗？可以。可是带来的麻烦就大了，QQ上本来加了不少好友，一旦账号没了，就有可能跟某些人失去了联系，更可怕的是罪犯可能利用它来继续骗人。游戏账号被改了密码，辛苦练了那么长时间的英雄就这样一下子突然没了。这些惨状不亚于现实中的上当受骗。

社会是一个真实的世界，是人与人之间的直接交流，现实中的犯罪可以有迹可寻，但犯罪不仅存在于社会现实中，网络上也会有犯罪。网络是一个虚拟的世界，看不见摸不着，那么网络犯罪怎么跟踪破案呢？虽然现实中警察设立了网络犯罪科，但实际上由于网络的匿名性、网络技术的不成熟，很多网络罪犯仍在逍遥法外。我们希望网络中也能出现警犬，就像现实中的警犬那样可以根据"气味"找到罪犯，然后通知离罪犯最近的警察叔叔把他抓起来。我们的现实生存空间时刻需要净化，虚拟的网络环境也需要净化，还网民们一个公平和谐的虚拟世界同样是我们的愿望。

赏析/彭细华

我发明的"神奇弹头"

我终于为国家作出了自己应有的贡献，
感到无比的欣慰。

说起弹头，人们就会想到战争，战争有许多种起因：争夺土地啦，为了石油啦，等等。可是，弹头怎么救了地球呢？请看下文。

二〇二二年，我已经成为 C 国国防部的一名高级官员了。由于人类毫无节制地使用能源，大量排出废气，臭氧层受到了严重的破坏，空气也快成了"毒气"，有时还会下起阵阵的"陨石雨"。而我的工作主要是把这些陨石打下来，使它们破碎成细小的碎片，不对地面产生破坏。

　　这天像往常一样，我正开着一辆崭新的自动磁力车奔驰在宽阔的街道上。不一会儿，一栋豪华气派的大楼出现在我的面前，这就是我工作的地方。正当我准备工作的时候，一颗巨大的陨石突然向我的工作楼袭来，携带着巨大的声浪，发出排山倒海的巨响，整栋楼都在震动中颤抖，人群中发出了恐惧的尖叫。我急忙下令发射导弹，击毁陨石。就在导弹发射后的几秒钟后，意想不到的事情发生了：导弹和陨石相碰撞，在半空中炸开了花，有些陨石的碎片还是打到了工作楼。这可让我生气了，我暗暗发誓："一定要发明一种新型的导弹，成功击落陨石，还人类一个清洁、美丽、安全的地球。"

　　为了实现这个理想，我一头栽进了实验室里，废寝忘食、夜以继日地进行着实验。漫长的几十天过去了，到了第四十五天，我紧锁的眉头舒展开来，脸上露出了久违的笑容，我终于发明出了这种新型导弹：只要将我研制出来的"弹药"掺进弹头里，并使这种特殊的弹头分散在臭氧层，弹头就可以随时快速地击落陨石；它还可以自动保护臭氧层，让臭氧层更加坚固。

　　我高兴地冲出了实验室，马不停蹄地带着我的助手把"弹药"掺进弹头里，并准备把导弹成批地发射到臭氧层内。一切准备就绪，我带着助手离开导弹发射架，开始倒计时："五、四、三、二、一！发射！"导弹借着火焰"嗖"的一声飞向了湛蓝的天空。不一会儿，我们从电脑屏幕里看到了导弹安全"着陆"在臭氧层内……

　　这时，气象局发来紧急通知：五分钟后，将会有一群陨石袭击地球！

　　我心想："哈哈，来吧，我将毫不费力地把你们消灭掉。"

　　不少市民见我们国防部没有采取任何防范措施，都变得惊慌失措，有些人甚至打算离开家园。

　　五分钟后，陨石气势汹汹地来了。但是，它们还没来得及发威，就被臭氧层内发出的弹头击中，轰隆隆地爆炸了。我兴高采烈地大喊道："我成功了！"

过了一会儿，市民们确信危险过去了，都高兴地来到国防部外的大广场上向我们祝贺。一大群记者闻讯赶来，把我们围了个水泄不通。我好不容易才挤出来，心想："这记者的鼻子真灵呀！"

几分钟后，新闻媒体发布了国防部通过发射我发明的新型弹头击落陨石并保护臭氧层的消息，我也应邀到电视台举行专题讲座。主席为了表彰我，亲自为我颁发了一枚大大的奖牌和一个纯金的奖杯。我终于为国家作出了自己应有的贡献，感到无比的欣慰。

不久，新的烦恼又困扰着我：由于这种新型弹头的命中率极高，陨石在臭氧层内就被自动弹回太空中去了，我整日无所事事。于是，我辞去了在国防部的职务，回到实验室里潜心研究新的发明，为人类造福。

文/袁方略

造福人类的科学奇迹

陨石撞击地球，造成巨大的劫难：海啸、山崩、地震、火山喷发……这些是在科幻电影中常见的惊人场面。在这篇《神奇弹头》里，作者合理地想象出了"陨石雨"这一天灾，并且结合臭氧层遭到破坏这一现实情况，作出大胆的想象，写出了这篇立意新颖的"弹头救地球"。

文章开头就设置了悬念，让读者一开始便投入其中。而逐渐展开的内容也以其清晰的条理和写实的叙述手法使读者宛如置身其中，为弹头的神奇而感叹，为"我"的精彩发明而喝彩。这种新式弹头最终击落了陨石，还让臭氧层更加坚固，得到了一个美好的结局，作者对地球的美好愿望也展露无遗。

作者塑造了一个艰苦奋斗、踏实的科学家形象，文中的"我"为了研究新弹头，废寝忘食，并在获得荣誉后继续潜心研究新发明。这体现了作者对科学家的敬意，也是作者社会责任感和主人翁精神的体现。

通篇文章让人感受到了一颗赤子之心。

赏析/许妍敏

冰箱里的教练们

他们决定将自己冷藏一百年，到出来时便可以保持精力充沛，为一百年后的体育运动再做贡献。

这是一批世界上最出色的体育教练，他们自愿钻进了一个大冰箱。

原来，国际教练协会刚开了一个讨论会，讨论题目是：一百年后的体育运动水平，将超过现在呢，还是不如现在？

一部分教练说："会超过现在的，一代更比一代强嘛。"

另一部分教练却直撇嘴，他们认为：破世界纪录的人将越来越少，因为现在的水平已经差不多到顶了。"再说，那时候不会再有像现在这样出色的教练了。"他们断定。

讨论会没有结果。会后，这些撇嘴的教练聚到一起，商量道："我们不能这样撇撇嘴就算了，作为著名教练，我们也要对未来的体育运动负责呀。"

他们请冰箱厂特制了一个大冰箱。他们决定将自己冷藏一百年，到出来时便可以保持精力充沛，为一百年后的体育运动再做贡献。

根据各人的体型，他们选择了各自在冰箱中的位置，矮而胖的坐到放鸡蛋的圆窝儿里，细高个儿像汽水瓶那样站成一排……他们把定时升温开关拨到"一百年"的刻度上，然后合力拉上了密闭的铁门。

他们各自做了一个长而又长、长得有点无聊的梦。终于有一天，他们在温暖中醒来。"砰！"冰箱门自动弹开，阳光刺眼。他们抖一抖身上的霜花，从各自的位置跳出来。

一百年后的世界使一百年前的人们眼花缭乱。但他们的责任心提醒他们：先别光顾观赏市容，"到体育馆去！"他们异口同声地喊道。

随着这喊声，他们脚下的人行道突然移动起来。这是一种声控自动人行道，它很快把教练们送到一座超级体育馆前。

这体育馆设有许多分馆。篮球馆内正在进行国际比赛，"进去瞧瞧！"篮球教练来劲了。

跟一百年前不同，那时候篮球场上尽是大个子，可眼前的双方队员的身高竟只有一米七、一米六左右，个别队员还不到一米五。

一百年前的篮球教练摇了摇头，他找来如今的教练，对他说："要注意挑选高个儿队员，'空中优势'很重要。我们那时候，两米以上的队员多的是呢。"

"谢谢前辈指导，"场上教练笑着解释说，"可是如今改了比赛规则。为了鼓励技术的发挥，防止靠身高占便宜的现象，我们现在规定：同样投进一个球，矮个儿队员比高个儿队员多计分，越矮分越高，所以……"

篮球前辈目瞪口呆了。

"其他运动也有了一些改进，现在正同时进行着拳击比赛……"

不等那教练说完，拳击教练忙着催伙伴们赶到拳击馆。

一座拳击台，用绳栏围着，看起来还跟一百年前一个样。两名选手你来我往地较量着。忽然，穿红背心的选手"嘻"地笑了一声。

老教练忍不住喊出来："严肃一点！嘻嘻哈哈会影响斗志！"

这时那红背心又笑了一声，教练们这才发觉，原来是他的对手蓝背心胳肢了他一下。

"犯规！"老教练又喊。

"别乱喊。"裁判说，"并没犯规呀。进攻手段应该灵活多变，互相挠痒痒是许可的。老实说，不怕痒的人还无法取得参赛资格呢。"

"这像什么话?！"拳击教练独自喃喃着。

游泳教练又把大伙儿带到游泳池。

"这也不像话！"游泳教练指着各泳道选手的身后——他们并不赤脚，而像溜冰运动员那样在脚上绑着东西。这是各式各样的机械推进器，有螺旋桨式的，有喷气式的……

游泳教练气呼呼地指着第一个爬上来的选手说："你赢得并不光彩！"

"有什么不光彩的？"那选手理直气壮地反驳，"这推进器是我自己设计制作的，就跟航模运动员做航模一样，凭的智力。我得冠军靠的是体力加智力，难道不比以前光靠体力的运动员光彩一些吗？"

游泳教练被驳得无话可说。

这时跳高教练"哼"一声："这么说，也许跳高运动员的脚底要装上火箭了。"

他们又来到跳高场地。

跳高教练看了看电子显示屏，惊讶地叫起来："现在的跳高世界纪录只达到一米六？不对吧？我们那时候已经超过二米四了呀。"

负责摆跳高横杆的工作人员告诉教练道："原来的世界纪录已接近极限，为了提高大家对这一运动的兴趣，规定起跳时要双脚并拢，这样有了新的难度，也就产生了新的纪录。"

自行车比赛也是如此，选手们往后蹬车，屁股朝着终点。

象棋比赛呢，老将从来不能走出城圈的，可是现在给了老将出城的自由，这样就很不容易被"将"死啦。

这都是一百年前的老教练们想象不到的事。

而且，又有些新的运动项目正式列入国际比赛。比如，"斗鸡"，这原是小孩子闹着玩的把戏，抱着一条腿撞来撞去的，现在得到了国际奥委会的承认。

还有一种笑的比赛，跟健美比赛差不多。要求笑得美，笑得自然，笑得适度，笑得悦耳。选手们还得知道什么该笑，什么不该笑。裁判跌了一跤，好几个选手都笑了，他们被扣了分。而当裁判提出："请想象一下自己现在已得了冠军……"有一个选手没像别人那样笑出来，他也被扣了分。

老教练们奇怪地问："为什么要扣他分？他表现得挺谦虚嘛。"

裁判回答："我们认为，一个人有权为自己取得的成绩自豪，而且他没必要掩饰这种自豪的心情。"

老教练们听了这话,虽然还有自己的想法,但他们也笑了,为了这敢做敢笑的新一代人。

　　老教练们商量了一会儿,又一齐钻进那大冰箱,又把定时升温开关拨到"一百年"的刻度上——他们充满兴趣地等待着下一次,那"砰"的一声,那刺眼的阳光……

文/周　锐

认识的变化

　　人类对世界的认识总是随着时间的变化而变化,例如很久以前,人们以为地球是方的,后来才发现地球是圆的;人们以为有神灵的存在,后来就认为根本没这回事;人们以为天下雨是龙王打喷嚏,后来才明白那只是一种自然现象。文中的教练们,为了证明一百年后体育水平是进步还是退步,把自己冷藏进了冰箱。来到了未来,他们才发现,时代不同,观念不同,所做的规定也会不一样,体育比赛的规则已经随着时代的变迁发生了很大的变化。例如当一样纪录到了极限的时候,就反过来比赛;以前犯规的行为现在都变得正常;还增加了各种各样稀奇的比赛,丰富了比赛的项目……这些规则比起以前,更加的人性化,也更加的灵活。这些都是以老教练们当时的认识水平所无法想象的,也证明了当初他们的判断是多么的肤浅。

　　生活就像流动的水,是不停向前的,也因为这样才能保持它的清澈和活力。人类总善于创新,思维也会随着社会的发展而改变。所以不要马虎地下结论,去判定还没能看到的东西。

赏析/韩文亮

汽车长大了

爸爸补充："一天喂三顿，电瓶车就会长大。先是长成摩托车，然后长成汽车。"

乔皮奇家里有一辆电瓶自行车。刚买来的时候，电瓶车的坐垫和乔皮奇的脑门一样高；几年以后，坐垫就只有乔皮奇的肚皮那么高了。

"爸爸，"乔皮奇问，"我都长大了，电瓶车怎么不长啊？"

"你一天按时三顿饭，当然会长啦，"爸爸说，"可是电瓶车呢？有一顿没一顿的——我是指充电啊——当然就不长啦。"

嘿，爸爸是开玩笑，乔皮奇还当真了："那么，如果也给电瓶车一天三顿——我也是指充电——它会长大吗？"

"你试试看呗。"爸爸说完，哈哈大笑。

乔皮奇可不是个说完就忘的人，他真的这样做了。早上起床洗脸刷牙，然后将电瓶车的插头插上，然后与电瓶车"共进早餐"。中午放学回家，第一件事就是给电瓶车充电……

"你这样可不行，"爸爸很专家地说，"电瓶车的电还没用完呢，再充就是害它了。"

"那该怎么办？"

"电就是车的营养，你要把电用完，也就是说，让车将'营养'消化，才能再次充电啊。"

乔皮奇明白了：就像人一样，吃多了不消化，会生病的。

于是乔皮奇先去骑电瓶车，绕着院子转了一圈又一圈。

"咦？"邻居老奶奶问，"乔皮奇，你在锻炼吗？"

"不，是电瓶车在锻炼。"

车子还锻炼？老奶奶心想：现在的年轻人啊……不对不对，应该说，现在的电瓶车啊……

就这样，乔皮奇坚持每天按时给电瓶车一日三餐。有一天早上，他打开车库门，不禁大喊一声："哇！爸爸你什么时候买了一辆摩托车？"

真的，车库里停着一辆崭新的摩托车！

爸爸妈妈都跑下来了，妈妈说："家里的钱都握在我手里，你爸爸怎么可能有钱买车？"

爸爸也摇头说："不是我买的，恐怕是……电瓶车变的！"

可不是，电瓶车不见了！而且，摩托车把手上还有一道凹痕，是乔皮奇不小心摔的！

哇，原来电瓶车真的会长大呀！

爸爸骑着摩托车去上班，神气得不得了。

下班回来，垂头丧气。

怎么回事？原来单位里有人买了汽车，大家都在羡慕地议论汽车，顺便嘲笑爸爸的摩托车！

"唉，"爸爸叹气，"如果摩托车能变成汽车就好了！"

"有可能哦，"乔皮奇鼓励爸爸，"只要你每天按时喂饭。"

"喂它什么，电吗？"

"摩托车是喝汽油的，这点常识都不懂？"

为了未来的汽车，为了男子汉的荣誉(或者说虚荣心)，爸爸每天坚持给摩托车喂三顿汽油。当然，汽油没用完就喂，摩托车会消化不良，于是爸爸只好骑着摩托车，在院子里呜呜地绕圈子。老奶奶看见了问："你在锻炼吗？"

"没什么，我只是在锻炼摩托车。"

坚持、坚持！汽油费花得妈妈好心疼。但是几个月后的一天，只听哗啦一声，小小的车库坍塌了！一家人急忙跑去一瞧：哇，摩托车不见了，一辆漂亮的汽车停在车库里！因为汽车比车库大，所以把车库挤塌了！

真是不可思议,摩托车长大以后,会变成汽车!

凭空多出来一辆汽车可不是小事,邻居们知道了,邻居的邻居知道了,最后电视台的人也知道了。记者们跑来采访:"请问汽车是哪里来的,你们是否触犯了'巨额财产来历不明罪'?"

爸爸妈妈吓得冒冷汗,幸亏乔皮奇冷静,他撇撇嘴说:"一辆汽车就算巨额财产啊?你还不知道我家存款有多少呢……"

妈妈急忙捂住乔皮奇的嘴:"其实,这汽车是电瓶车变的。"

爸爸补充:"一天喂三顿,电瓶车就会长大。先是长成摩托车,然后长成汽车。"

记者们听不懂,也不相信。但是,爸爸的话却刊登在报纸上。第二天一早,爸爸又喜又悲:喜的是自己有生以来头一回上了报纸,悲的是汽车被盗了!

"恐怕是有意而为,"乔皮奇分析,"我们的汽车是全世界唯一,价值连城!"

"快报警!"还是妈妈头脑清醒。

警察叔叔全城搜索,也没有找到那辆汽车。也难怪,昨天光顾着应付记者,连汽车长什么样子都没看清。

"我最担心的是,"乔皮奇说,"坏蛋们给汽车喂汽油,汽车已经长大,变了个模样!"

如果汽车外貌改变,那就完全没办法寻找了。

乔皮奇放弃了,警察叔叔也放弃了。可是没想到,几个月后,郊外的一家仓库突然坍塌!坍塌的原因是:仓库里突然出现一架大型飞机!

这可是特大新闻!大家全都跑去看热闹,乔皮奇也不例外。飞机的主人唾沫星子乱飞地介绍:"这是我海外的舅舅送我的飞机,仓库装不下,我就把仓库砸了……"

"你撒谎!"乔皮奇突然大叫起来,"这是我家的电瓶车,你看飞机翅膀上有凹痕,那是我不小心摔的!"

坏蛋想逃跑,被警察叔叔抓住了。

真是惊人,原来汽车长大以后,会变成飞机!飞机虽然很神气,但对乔皮奇一家来说就没用了。爸爸慷慨大方,准备将飞机捐献给国家。

"不行,"乔皮奇却反对,"过一段时间再捐!"

"乔皮奇,自私可不是好孩子哦!"爸爸进行素质教育。

"我不是自私,是无私,"乔皮奇神秘地眨眨眼睛,"咱们国家不缺飞机,缺一架航天飞机……"

爸爸知道乔皮奇要干什么了:"好小子,老爸支持你!"

文/李志伟

满怀热忱,报效祖国

一辆电瓶自行车神奇地"长大"了,先是变成了一辆崭新的摩托车,接着又变成了一辆漂亮的汽车,最后竟然变成了一架飞机!电瓶车非同寻常的"成长经历"使我们充满了好奇,然而,更令我们肃然起敬的是小主人公乔皮奇的一个美好的爱国愿望——要把普通的飞机变成航天飞机后再捐献给国家!

"汽车长大了",这也许只是人们的一个天真的想法,在现实生活中可能很难实现!但在乔奇皮身上表现出来的无私的奉献精神与爱国主义情怀却是值得我们学习的。顾炎武曾说:"天下兴亡,匹夫有责。"爱国是每一个公民最基本的品质。我们从小就应该培养自己的爱国主义情怀,"以热爱祖国为荣,以危害祖国为耻",把个人的前途与国家的命运紧紧联系起来,长大后才能更好地为国家和社会做贡献!

正是这种热情使乔皮奇的梦想成为现实,没有梦想的人生将会黯然无光,努力向上吧,仰望星空,星星就在你的眼前;做一个悠远的梦吧,每个梦想都会超越你的目标。梦想只要持久,终有一天能成为现实。"谁言寸草心,报得三春晖",以小乔皮奇为代表的小朋友们正以满怀的热情默默地报效着我们的"母亲"——祖国!

赏析/江伟栋

什么都能买到的商店

"梦想之舟"开到了一片山谷,小伙子听
到顾客心底的声音在山谷间回荡——

一个小伙子开了一家并不起眼的商店,可是商店的牌子却把过往的行人吓了一大跳——"什么都能买到的商店"——好大的口气呀!

"请看,"小伙子指着店内的商品给好奇的顾客做介绍,"这是一把产自火星的石斧,这是恐龙用过的牙刷,这是一位唐代小学生的作业本……"

顾客们大开眼界。

"我的爱好是收集世界著名河流的水,"一位上了年纪的顾客说:"现在就剩下尼罗河了……"

"没问题!"小伙子说着从货架上取下一艘形状怪异的飞船,按下船头的一个按钮,飞船的体积变大了。小伙子坐到驾驶员的座位上向那位顾客招手,"我这就去尼罗河取水,您愿意一块儿去吗?"

"太好了!"老顾客一下子年轻了好几岁,轻盈地跳上飞船。

小伙子的这艘"梦想之舟"速度极快,顾客们正望着他们消失的地方发呆,他们已经回来了。老顾客怀里捧着一瓶水,那里面奔涌着几千年的沧桑。

"爸爸、妈妈和老师都说我不够勇敢,"一位小学生怯怯生生地问,"您能卖给我点儿勇气吗?"

"请稍等一下,"小伙子拿出一副具有透视功能的眼镜来看小顾客的胆子,原来他的胆子只有一点点大,不仔细看根本找不到!

小伙子翻了翻商店库存商品的记录——"没错,就在这儿!"他递给小顾客一小块面包,"请拿好。"

"您可能是弄错了,"小顾客脸红了:"我已经吃过饭了。"

"没错,"小伙子笑着说:"这是用强力酵母发酵成的超级面包,它能给你足够的勇气。"

"真的?"小顾客接过面包,一口吞了下去,小脸涨得通红。

超级面包里的强力酵母起作用了,小顾客的胆子一下子撑大了许多,他勇气十足地走出了商店。

这一天,小伙子忙得不亦乐乎,他不但去了喜马拉雅山、河外星系,还去了一趟远古时代,给顾客们取回了各种各样他们想要的东西。看天色已晚,小伙子准备下班了。这时,一个愁眉苦脸的人走了进来。

"请问'高兴'能买到吗?"顾客问。

"这……"小伙子摸了摸后脑勺,"您要的东西倒是挺怪的。"

"如果您这儿没有'高兴'卖,那么是不是商店的名字可以改成'除了'高兴'什么都卖的商店'呢?"

"不,不,您放心!"小伙子很在乎自己的声誉,"我这就去给您进货,您明天来行吗?"

"好吧。"顾客同意了。

他究竟有什么不高兴的事呢?等顾客走了以后,小伙子开始冥思苦想。最后他决定驾驶"梦想之舟"去这位顾客的心里转一圈。

小伙子和"梦想之舟"一起变小钻进了那位顾客的心里。糟糕!"梦想之舟"一开进去就陷到了一片沼泽里,小伙子费了好大的力气才把船开出来。

"梦想之舟"开到了一片山谷,小伙子听到顾客心底的声音在山谷间回荡——

"他们一顿能吃十个鸡蛋,而我只能吃八个。哼!"

"刚才那个人踩了我的脚,他竟然不说'对不起',太不像话!"

"我女儿这次期末考试全及格了,比我小时候强,气死我了!"

……

"怪不得。"小伙子一边转一边自言自语。原来这位顾客的心眼很小，经常为一点鸡毛蒜皮的小事生气，当然也就高兴不起来了。

小伙子回去后潜心研制出了一种"欢乐炸弹"，他给炸弹外面裹上了一层糖衣。这回可是真正的糖衣炮弹啦！小伙子一边工作一边乐滋滋地想。

第二天一早，顾客来取他要的"高兴"来了。

"给您这瓶'欢乐炸弹'……"

"炸弹？"顾客吓得一哆嗦。

"不，"小伙子连忙改口，"是'欢乐糖块'，它能让您高兴起来。"

顾客擦了把冷汗，拿着"糖块"走了。

吃下"欢乐炸弹"后，炸弹自动在顾客的心灵深处爆炸，把一些不够开阔甚至封闭的死角炸开。

还是日常的那些琐事，顾客却想开多了——

"女儿成绩比我好，高兴还来不及呢。"

"也许应该说'对不起'的人是我，毕竟我也硌了他的脚哇！"

"除了吃鸡蛋，也许我还有其他方面和别人好比……"

他发现生活也蛮好的嘛，高兴真的不少哇！于是他常把微笑挂在脸上了。

这一天没有顾客上门，小伙子便站在窗边向外张望。

"请问这些钱真的不够吗？"一个瘦弱的小女孩问小伙子商店对面的一家花店。

"真的不够，"花店的店员为难地说："连一枝最便宜的花也买不了。"

小女孩转过身，她的小脸上写满了失望。

"为什么你不到我的商店里试试呢？"小伙子走上前微笑着问。

"你的商店里卖鲜花吗？"小女孩问。

"当然，我的商店里什么都卖！"

"太好了！"小女孩的眼睛里闪烁着希望，"请问这些钱够吗？"她轻轻摊开小手，手掌心的几枚硬币在阳光下闪闪发光。

"当然！"小伙子问："你想买什么花？"

"嗯……什么花都行。不过……"小女孩想了想说："奶奶最喜欢郁金香了……"

小伙子从小女孩手里挑了一枚面值最小的硬币。

在宇宙中书写·精华版

小女孩的奶奶这天晚上做了一个梦,她梦见自己又回到了"郁金香之国"——荷兰——那里留下了她金色的童年。她跑啊、跳啊,高兴得不得了……

　　第二天早晨,阳光很好,奶奶准备起床给小孙女做早饭。一阵阵醉人的花香袭来,奶奶不由一阵激动——她正置身于五颜六色的郁金香的海洋,远处有几架巨大的风车在呼呼地转动……这一切怎么这样熟悉?奶奶揉揉眼睛,她发现她的小孙女和一个小伙子正站在一架风车下面冲她微笑呢!

文/李斐然

做事要对症下药

　　知道为什么病了要去让医生诊断吗?因为每一个人生病的原因都不一样,症状也不相同,医生要弄清楚你为什么病了,才能对症下药,开好药方,治好你的病。如果不经过诊断就随便吃药,反而越吃越糟糕,不但病没治好,还引发了新的病症。

　　商店什么都能买得到的原因,就是因为开店的小伙子懂得对症下药,清楚不同顾客的需要,明白他们真正需要的是什么。需要穿梭时空寻找的商品,小伙子忙得不亦乐乎,耐心对待;整天不高兴的顾客,是因为小心眼,所以小伙子就让他心胸变得开阔;小女孩想要为喜欢郁金香的奶奶买花,小伙子明白奶奶是因为思乡,所以就不计报酬地把奶奶带回童年,带回她最挂念的地方。

　　小伙子凭着自己的耐心和热心,不计较报酬多少,尽心尽力地和顾客交流,满足他们的愿望,让大家都过得幸福,充分体现了"顾客就是上帝"的原则。如果每一家商店的服务员都像文中的小伙子一样,还怕生意不好吗?做其他工作也一样,如果做每一件事都用心研究好解决问题的方法,对症下药,还怕不能解决问题吗?

赏析/韩文亮

第九辑　神奇的后悔药

　　我们把过去的那天叫昨天，把还没到来的那天叫明天，还把正在进行的叫今天。那么，在昨天做的事情，到了今天，就像弓开了则没有回头箭。而站在今天瞄准着明天，则叫努力向前。那么，当明天我想把昨天的事儿重做一遍，才知道一切不可能了，因为大人们板着脸对我们说，这个世界上没有卖后悔药的。其实大人们说错了，虽然代价大了些，但这个世界是有后悔药卖的，只不过，药有，却治不了后悔这个病。

站在今天的田野上
我们仰望明天的星空

罗纳的替身

每个人的命运都是由自己的行为决定的,是任何人都不能替代的……

老罗纳最近十分沮丧,儿子每天逃学把他寄托在儿子身上的一点点希望都打破了。他多希望自己的儿子今后能成为一名发明家、作家、画家或者是一名像罗纳尔多一样的球星。然而,儿子只迷恋电脑游戏。看到别人的孩子都有出息,老罗纳真是恨铁不成钢。老罗纳躺在床上想:如果,把儿子培养成作家、画家或者是足球运动员,那多棒啊!哈哈……那我老罗纳的面子就足啦。老罗纳又在做梦……

"做什么梦噻!我给你再生一个。"罗纳的后妈说,"你想怎么样培养就怎么样培养。"

"不行,别人都知道我这个儿子,再生也是另一个。我要让他出人头地。那我才有面子。"老罗纳说。

"做梦吧!"后妈撇撇嘴,走开了。

"我为什么不克隆几个和儿子罗纳一模一样的人来完成我的愿望呢!"老罗纳脑子灵机一动。于是,他把自己关在实验室,一星期后,四个一模一样的罗纳从实验室里走出来了。老罗纳把他们四人分别送到不同的学校学习。

爱发明的"罗纳",天天围着老罗纳在实验室里打转,有问不完的问题。老罗纳打心眼里喜欢这个"儿子"。

另一个当作家的"罗纳",除了上学就是坐在家里的书桌前写啊写。一部长篇小说几个月就写完了,一家出版社正准备出版。

当足球运动员的"罗纳",的确成了罗纳尔多。整天奔波在球场上,现在已经被巴西国家队选中,和罗纳尔多同在绿茵球场上奔跑。人称"小罗纳尔多"。天天有记者在门口等着采访。老罗纳也一下子成了大明星。

……

老罗纳现在整天都是笑得合不拢嘴,他觉得太风光了,每天同事、朋友都到他这儿来取经,"您是怎样把儿子培养成德、智、体全面发展的?不要保守啊。""听说你的孩子原来也很调皮,怎么一下子就转变了?给我们介绍介绍。"老罗纳总是笑着说:"这是孩子自己努力的结果。"面对鲜花、赞扬,老罗纳把他真正的儿子——罗纳忘记得干干净净了。

再说罗纳,自从有了几个"替身"后,日子过得真是惬意!从早到晚在电脑游戏中漫游。光阴荏苒,一年过去了,罗纳想起了老爸,急匆匆地回到家中,只见老罗纳闭着眼睛坐在沙发上,嘴里慢悠悠地吐着烟雾。"老爸!"罗纳大声地叫道。老罗纳慢慢地睁开眼睛,问:"你,你,你是谁?"罗纳望着老爸,刹那间不知所云。

罗纳抬头看见几个"替身"从门外进来,顿时火冒三丈:"你们以为自己是谁?你们不过是用我的细胞核做出来的——我的'替身'!"罗纳嘶哑着嗓子喊。

"别叫啦,有理不在声高。"老罗纳丝毫不为儿子——罗纳的愤怒所动,"我需要的是对国家有用的儿子,不需要整天游手好闲、贪图享乐的公子哥儿。来,孩子们,你妈为你们准备了丰盛的晚餐。"

面对老爸的无情,罗纳顿时觉得脑子里一片空白,像无数根钢针,根根都深深地扎进自己的心脏。他感到被亲生父亲淘汰的痛苦……真是命运无情,劣者淘汰,优者生存。

这天晚上,罗纳做出一个重大决定:远走他乡,改名换姓。临走时给老爸留了封信。信中说:我懂得了,每个人的命运都是由自己的行为决定的,是任何人都不能替代的……

文/伍　剑

把握命运

在生活中,有一些人整天游手好闲,却又很想出人头地。老罗纳的儿子就是这种人。

望子成龙,是父母共同的愿望。虽说是"物竞天择,适者生存",但是被父母抛弃又不是所有孩子都能忍受的,罗纳这一次真正感受到了被父亲抛弃的痛苦。每个人的命运其实都是由自己的行为决定的,是任何人都不能替代的,命运把握在自己手中,这是不争的事实。罗纳想出人头地,恐怕要靠自己努力拼搏了。

赏析/李朝鹏

神 药

当你觉得自己不完美的时候,不要自卑,认清自己的优点,改进缺点,然后大声地告诉自己:这个世界完美的人还没诞生呢。

亚瑟博士发明了一种新药。据说,服下这种药,无论在什么样的物质中都能够自由穿行。

博士充满着自信,称赞新药的效果是"超群"的,以后就是设法解

x

x

x

决向实用化发展的问题。政府当局立即设置防范体系严防泄密,派出重兵将博士的研究室封锁了起来。

看着那日趋严密的警戒线,一天,一名助手向亚瑟博士提出疑问:"老师,那种药真的可以称是无懈可击吗?"

"是啊。你说得没错。新药是无懈可击的。即使在铁壁中,也可以自由通行。"博士信心十足地答道。

"这么说来,"助手朝围着建筑物的武装警备队那边瞥了一眼,"服用了新药的人,即使被枪击中也不会死吧!"

"是啊。就是铅弹,都可以穿过身体啊。"

"只要这一点能够得到确认,你就没有用了。"

博士大吃一惊。助手的态度出现了一百八十度的转弯。不知什么时候,助手的手上拿着一支手枪。

"你……"

"哈哈哈哈……为发明新药,你真是劳苦功高啊……怎么样,你很意外吧。我不必向你隐瞒了,我是S国的间谍。新药的制造方法,已经全部记在我的头脑里了。接下来的问题由我们国家的优秀科学家们进行处理吧。你的作用已经结束了,准备受死吧!"

间谍用枪瞄准了博士的心脏。

"等等!等一下。"博士用颤抖的声音喊道,"你怎么样才能逃脱如此严密的警戒网?你逃不出十米远啊。"

"别说浑话!你刚才不是已经向我解释过了吗?"这时,间谍毫不犹豫地把新药吞了下去,"这药只要发挥出效果,就无所畏惧了。我的身体,无论在什么样的物质里都可以穿透啊。怎么样?没想到我的头脑有这么好使吧?哈哈哈哈……"

间谍右手的食指动了一下。

"等一等!"亚瑟博士做了一个请求的姿势说道。

"怎么回事。你还不死心吧。如果有事想说,赶快把话说了。"

"其实,这药有一个缺点。我之所以急于向实用化方向进行研究,就是因为这个原因。"博士鼓起勇气,用尽浑身的力气说道。

可是,间谍丝毫不为所动。

"你不要为了保住自己的性命信口开河。刚才说无懈可击的是你吧。你说完了吗？所谓的无懈可击，就是指没有缺点。"

"对，真是那样。新药的缺点，就是无懈可击。"

"哈哈哈哈……梦话可以结束了吧？你的解释真是煞费苦心啊……你去死吧。"

可是，就在他要扣动扳机的一瞬间，手枪从间谍的手上突然滑落，发出声响掉落在地板上。药终于奏效了吧？亚瑟博士不由地松了一口气。危险已经过去了。博士这么想着，眼看着间谍的身体被吸入了地板。

"呀！——"间谍就像从高楼的屋顶上掉落下去的人那样，发出长长的惊叫。

地板上，间谍穿在身上的东西，从内裤一直到靴子，都还原封不动地保留着。

"这个笨家伙，我们常常是受重力吸引的，这一点，他忘了？"亚瑟博士撮着装新药的瓶子说道，"新药的缺点，就是服用它以后，无论什么样的物体都可以穿透。靴底、地板、还有地球，都……"

文/[日]吉泽景介

没 有 完 美

亚瑟博士研究出一种新药——无论什么物体都可以穿透的穿透药。S国的间谍装扮成博士的助手，得到了新药的制造方法和药，他向亚瑟博士确定新药是完美的无懈可击的之后，露出了真面目。间谍吃下新药，想着可以逃脱，却忘了地球的重力作用，结果不知道穿透到哪里去了。新药的确是成功的，是完美的，但也因为完美，反而让毫无缺点成为最大的缺点。

这个世界没有完美的人，也没有完美的事物。但也就是因为不完美，人们才会更加努力。学生努力学习追求更好的成绩；大人们努力工作追求更好的工作表现；女孩子们挑选最好的裙子穿在身上……这些人都是在追求自己的完美。大家都向往完美，但是大家都知道不可能得到完美。完美是海市蜃楼,是追求上进的动力,像一条鞭子一样在身后不停地抽打,驱赶着人们向前进,让人们更加努力,做得越来越好,也让人们离它越来越近,却永远摸不到它。

所以,当你觉得自己不完美的时候,不要自卑,认清自己的优点,改正缺点,然后大声地告诉自己:这个世界完美的人还没诞生呢。

赏析/韩文亮

佳 佳 奇 遇

佳佳的同学公布了一个特大新闻:所有《卖火柴的小女孩》故事的名字一夜之间统统变成了《卖圣火的小女孩》。

佳佳看过《卖火柴的小女孩》,她觉得卖火柴的小女孩真可怜!

一天,佳佳去吉米舅舅的实验室玩儿,发现有台圆圆的新机器。"天哪!是可以到任何时间和地方的时光机!"佳佳缠着舅舅:"我想用一下这个时光机。"

"时光机可不是玩具,你想干什么?"

"我要去丹麦帮助卖火柴的小女孩。"

吉米博士说:"你要去帮助别人是可以的,不过,你必须在半天之内赶回来!"

"好吧!"佳佳保证。

时光机闪着金属光泽。有一道圆形的门，门边，有一排排仪表。吉米博士递给佳佳一块精巧的时光机控制板，像电视机的调控板那样大，并教会她怎么使用……

佳佳说："我得先去买些东西。"吉米博士对着佳佳的背影喊："还要带上羽绒大衣、围巾、帽子、手套！……"

很快，佳佳背着个鼓鼓的大双肩包回来了，全身穿戴得厚厚的，像要去北极。她又高兴又紧张，心里像有一只小狗蹦蹦乱跳。

佳佳对控制板输入数据：前往时间：一八三七年十二月三十一号，前往地点：丹麦，哥本哈根城。然后，按动闪着红光的键，时光机的门"哗——"地一下打开了。她一个箭步跨了进去，然后，眼前白光一闪，转眼就到了哥本哈根城。

时光机是隐形的，所以佳佳好像是突然冒出来的，幸好因为要过年了，街上的行人很少，只有几个行人看见了她。他们惊呆了，以为自己的眼睛出了毛病。

哥本哈根的天气真的冷得可怕！卖火柴的小女孩会在哪里呢？佳佳着急地朝四下张望，根本不见小女孩的身影。她翻出吉米博士给她的"自动翻译扩音器"，按下翻译丹麦语键，高喊："我要买火柴！我要买火柴！……"声音大得全城都听得见。

人们从没听过这么大的说话声，纷纷打开门窗，走出门来张望，"这么大的声音只有上帝才发得出来！"人们想。于是，纷纷向着佳佳涌来，在佳佳周围围了一圈。卖火柴的小女孩也夹在人群当中，她举着火柴，挤出人群，光着脚丫跑过来。

佳佳把翻译器音量调小，把旅行袋拉开，好家伙，原来是一大袋漂亮的打火机！佳佳说："我送你这些打火机，比火柴好用一千倍！可以卖很多很多钱！"并且教她怎样使用。

围观的人越来越多，他们只见一个小匣子咔嚓一下，就冒出了火焰，惊奇极了。叽叽咕咕："这是真的天使呀！""天使送圣火来啦！"他们纷纷掏出大把大把的钱，抢着买小匣子里的"圣火"。佳佳也帮着小女孩卖。

眼看时间快到了！佳佳把羽绒大衣脱下，披在小女孩身上。又按动"时光机控制器"的"返回"键，一团白光一闪，立刻就回到了吉米博士的实验室。

过了几天,佳佳的同学公布了一个特大新闻:所有《卖火柴的小女孩》故事的名字一夜之间统统变成了《卖圣火的小女孩》。故事的结尾部分也变成:"……忽然,一位天使从天而降,来到小女孩面前,给她带来许多小匣子装的圣火,还送给她一件防寒的圣袍。然后化成一团白光,消失在大家眼前!大家纷纷抢着买天使送来的圣火。小女孩卖光了装满圣火的小匣子,带着很多很多钱回到家,过了有生以来最最快乐的一个新年。后来,一直过着美好的生活……"

"啊,太好啦!这样的结果太好啦!"佳佳和同学们一起欢呼起来,佳佳的声音叫得最响。

文/陈晓虹

佳佳奇遇记

佳佳可怜卖火柴的小女孩,便利用吉米舅舅的"时光机"回到以前,把随身带的打火机送给小女孩卖,小女孩从此过上了幸福的生活。佳佳拥有一颗善良的心,她义无反顾地去帮助别人,在当今社会已属难得。

我们的生活条件日渐优越,但在同一片蓝天下,依然还有很多生活艰难的人们等待着我们去帮助。其实,我们每个人都能伸出援助之手,尽自己微薄的力量帮助需要帮助的人:走过街头看到乞丐时,投下几个硬币;走过捐款箱,投几元钱进去……这些,看起来只是尽自己小小的一点儿力量,但它或许就能救回一个生命垂危的病人,或许就能把一个失学的孩子送回学校。人性是善良的,社会需要你一颗乐于助人的心!

赏析/张晓婷

没有父母的人

亨利性格孤僻，不与人交谈，每晚睡前
都去教堂附近散步，最怕听鬼神的传说，一听
到便面色苍白。

圣诞节之夜，"抵制科学原始教派"的成员们，以木棒和石块砸死了史蒂文森教授和一百余名助手，捣毁了世界上第一个无性繁殖实验室，最后放上一把火，让那两千位在模拟母体营养钢罐里的婴儿，哭叫着葬身于一片烈焰之中。

十八年后的一天。

红极一时的篮球明星罗姆，驾车驰往训练基地。他是环球俱乐部篮球队员，三年试用期再过一个月就满期了，到时候将签署正式录用合同，得到五十万年薪。这就可以实现他的愿望，和洲际大厦屋顶餐厅的绝代佳人爱丽莎结婚。

训练基地在城外的一座密林中，这里的训练由教练员詹姆士负责。此刻他见到罗姆回来，热情地向他介绍了新来的伙伴亨利。原来在十八年前的那次暴行中，助理实验员贝得娄在混乱中偷带了一个营养钢罐，从排水管中逃了出来，钢罐里的婴儿就是亨利。亨利长大后，贝得娄花费十年时间，配置了一个冷酷无情的机器人，对他进行了全面的体育训练，然后把他高价卖给环球俱乐部。这一切，罗姆都从詹姆士那里听到了，他小时遭到父母遗弃，因而非常同情亨利。

亨利性格孤僻,不与人交谈,每晚睡前都去教堂附近散步,最怕听鬼神的传说,一听到便面色苍白。

训练阶段过去了,初次登场比赛,亨利崭露锋芒,连老队员也瞠目结舌。第一场比赛结束了,环球俱乐部以悬殊的比分宣告胜利。环球队和许多国际强队比赛结束了,亨利一跃成为世界瞩目的超级明星。比赛结束后又转入训练。罗姆心中闷闷不乐,他隐约感到,亨利可能将自己赶下明星宝座,因而威胁到那年薪五十万元的合约,那他的婚事和前途就全完了。

第二天,罗姆请病假回到自己房间里,打开电视机,向中心询问站查问有关无性繁殖的资料,终于知道亨利这批无性繁殖婴儿,是属于劳动类型的,长大后身体素质极好,能胜任常人难以忍受的沉重工作量,但因缺少母爱以及社会各种因素的影响,性格孤独、沉默,对不习惯的事物怀有强烈的恐惧感。罗姆为了不失去签订合同的机会,决定装鬼来惊吓亨利,只要亨利吓病了躺在床上一个星期,他就可以参加圣诞节比赛从而签订合同了。

这晚亨利像往常一样睡前散步,突然看到罗姆装的鬼,吓得完全崩溃了。罗姆没想到情况会这么严重,急忙去扶他。这时,好像从亨利身上发出一股巨大的力量,使罗姆也失去控制,两个人像死一般地一齐倒下去。

董事长听说两个明星出事了,急忙和贝得娄赶到现场,他们正想把尸体运回实验室,警官和记者们也赶到现场。贝得娄赶紧给两具尸体各打一针,奇迹出现了,罗姆重新活了过来,而亨利因将能量输给了罗姆而无法救活。这时爱丽莎发疯般挤进人群,她几个小时前出现了异常感觉,后来有人告诉她,制造亨利时所用的基因,就是从她父母身上取得的,因而亨利和她息息相通。她见自己发作,知道亨利出事了,就赶快来到训练基地。

董事长见罗姆活过来,还想收买他,罗姆和爱丽莎扔掉了他递过来的支票和合同。这时全市运动员赶来支援罗姆,罗姆提议为亨利举行隆重葬礼。

文/胡小明

别让自私伤害了你

"罗姆"为了不失去明星宝座,装鬼来吓"亨利",虽然他本来只是想把"亨利"吓进医院一周就足够了,没想到"亨利"却死了,而且自己也差点儿在这个意外中失去性命。尽管后来"罗姆"对这个自私的行为很后悔,但"亨利"却再也不能回来了。

自私的人把自己当做整个世界的中心,很多事情总是先想了自己然后才会是别人,甚至不惜损害别人的利益来成全自己的想法,但这种行为的结果常常不是如他们所愿的,反而会给他们带来沉痛的教训与悔恨。事情往往就是这样,这个世界是个集体,不是你一个人想怎么样便能怎么样,如果每一个都只想着自己,那么,这个社会会乱成什么样子?我们的利益还有谁来保障呢?

做人不能太自私,不要自己想怎样做便怎样做,特别不要随便做伤害别人的事,因为这世界是没有什么"后悔药"可以吃的,到自己悔恨时才想去补救就晚了。自私不仅仅会让我们失去许多的朋友、许多的欢乐,有时候可能会造成一辈子的遗憾。好好地爱惜别人,好好地爱惜自己,别让自私的行为伤害了你。

赏析/黄　棋

完美生命

每一个人都呆若木鸡,脸上出现了难以置信的表情。从箱子里爬出来的,是一个人类的婴儿。

"你们有幸成为目睹这一伟大时刻的幸运儿!"狂人兴奋地冲着固定在约束椅上的医生和记者连连眨眼,"我选中了你们, 因为你们是各自行业中的佼佼者。"

"不要再继续下去了," 医生用颤抖的嗓音说,"难道你不知道这么做的后果吗?"

"毁灭!"狂人激动地喊道,"对人类来说这是毁灭!但是对它——"他冲到墙边那个嗡嗡作响的大箱子前说,"却意味着新生,一个新时代的诞生!"

"我的超级电脑花了十年的时间来设计这个完美生命, 天啊,已经整整十年了……" 狂人爱怜地抚着大箱子的黑色表面,"每一个细节都是那么完美,这是地球上最完美的生命! 它将取代人类,成为这个世界的主宰! 而我就是它们的父亲,它们的上帝! "

"天啊,"记者低声叹道,"他是一个彻头彻尾的疯子! "

"一个伟大的文明马上就要诞生了," 狂人欣喜若狂地看着密布在箱子上的指示器,"是的,还有最后的三十秒钟。"

秒钟开始倒计时,周围的机器发出了震耳欲聋的声音,整个大楼都在抖动。两个绝望的囚徒不约而同地闭上了眼睛。

突然，门被撞开了，几十个全副武装的特种兵冲了进来。

"快，"医生仿佛抓住了一根救命的稻草，他用尽全身的力气喊道，"快制止它……"

与此同时，秒钟上的计数指向了0，机器发出的轰鸣声一下子消失了，实验室陷入了暂时的寂静。

"噢噢……"狂人大口大口地喘着气，他疯狂地瞪大眼睛，充满渴望地看着箱子上缓缓开启的门，"它出来了，它就要出来了！"

所有的目光都集中在那个冒着白雾的箱子中，一个隐隐约约的黑影在弥漫的雾气中不停地蠕动。

"哇——唔——哇——"箱子中传出几声令人发抖的嘶叫，仿佛来自幽暗的地狱，尖利响亮。雾气渐渐散去，那个怪物终于露出了它的真面目。

每一个人都呆若木鸡，脸上出现了难以置信的表情。

医生第一个醒悟了过来。"是的，"他的嗓音有些沙哑，"我早就应该想到的，地球上最完美的生命就应该是这样的。"

从箱子里爬出来的，是一个人类的婴儿。

文/周元卫

完美的人类婴儿

狂人发明了制造生物的机器，花费了十年的心血，每一个细节都力求完美，想创造出地球上最完美的生命，取代人类，成为世界的主宰。结果最后出现的是一个人类的婴儿。这是有着极深的寓意的。

生命是大海孕育的，而在进化的过程中，又分化成不同的物种和形态，这个世界也就有了青蛙、大象、蛇等动物，有了苹果树、李子树、小花、小草等植物，也有了拥有智慧，懂得劳动的人类。人类凭着自己的智慧和努力，在进化过程里不停地完善自己的肢体和脑袋，最终成了现在的模样，成为万物之灵，也成为世界的主宰。而婴儿就是人类的最幼小的状态，是人类血脉的延续,也是人类发展和进步的希望。虽然小小的婴儿什么也不懂,但是在成长的过程中会学习很多东西,用以改造生活。所以地球上最完美的生命就应该是一个人类的婴儿模样。

文章最后一刻有了意外的结局,狂人的野心最终还是被粉碎了,我们也要为自己是一个人类而感到幸运,因为大家都是在逐渐长大的完美的生命。

赏析/韩文亮

神奇的后悔药

一定要警惕生活中的推销陷阱,不要被一些小便宜给打动了。

星期五,伯特先生下班后,已经是晚上十点多了,他躺在沙发上,打开电视,球赛还没开始,他先打了个盹儿,可是等他醒来的时候,已经是清晨八点了,球赛早已结束。于是,他后悔起来。

"砰——砰——"门外有人敲门。

"请问有人在家吗?"

伯特走了过去,拉开门一看,并不认识,像个推销员。

"先生你好,打搅一下,我向你推荐一种新奇的药物。"

伯特想,果然是来搞推销的。"我不需要。"

"先生,你买不买无所谓,不过,这是最新的科研成果,是免费的。"

伯特动心地问道："免费的？"

推销员说道："是的，免费的，你打开电视，L频道上面正在播放我们这种药物的性能、作用。如果你想和我们联系，请拨打我们的电话。"推销员边说边递了张名片过去，接着，就离开了。

伯特打开电视，转接到L频道，果然，电视上正在介绍一种新奇的药物。伯特越看越想看，最后，不禁对这种药物产生了浓厚的兴趣。

据介绍，这种药物的神奇作用：吃完后，能让人不再后悔。

伯特拨通了推销员留给他的电话号码，他想亲自去尝试一下这种新奇的药物。

很快，推销员就送货上门。伯特问："你们的药物，真的那么管用？"

"是的，先生，不但管用，而且就像吃糖果一样，无任何副作用。"

"能治好我昨晚没看到球赛，而延续到现在的后悔心理？"

"不成问题。"

"也能治好我最近两年来连续失意的自卑心理？"

"当然能。"

……

"行了，伯特先生，这是药丸。一共三粒，吃一粒可以治好你今天发生的后悔事，吃两粒可以治好你最近发生的后悔事，吃三粒可以治好你以后发生的后悔事。"

伯特非常高兴，他接过药丸，那是三颗红红的药丸，非常小，只有绿豆粒那么大。

他兑着白开水，将三粒药丸放在嘴里，猛一仰头三粒全部进了肚。

过了一会儿，药物发生了作用。推销员问伯特："昨晚没看球赛，你后悔吗？"

"不！"

"那你这两年连续失意，现在还自卑吗？"

"不！"

"伯特先生，看来药物在你身上的作用很明显啊！"

"是！"

"那么请你付钱吧！"

"什么？不是说免费的吗？"

"第一粒是免费的，其他两粒是付费的，一共三万元。"

"什么，三万元？"

"是的，你后悔了吗？"

"不！"

文/海　星

小心推销的陷阱

　　广告是吹出来的，现在很多产品质量没有广告说得好，却凭着吹嘘夸大的功能打开了销路。而一个成功的推销员的嘴巴就是一个活广告，他能根据顾客的心理，打动人们去购买。文中的推销员，告诉伯特先生有免费的后悔药。伯特先生被电视里的广告打动了，想治好自己的后悔病。推销员给了他三粒药，让他吃了。后悔药的确很神奇很有效，伯特先生果然不再后悔了，这时的推销员也成功索取了高额的药品费。

　　推销员多么狡猾啊！他一开始就利用免费做幌子，引诱伯特先生吃他的药。只要伯特先生吃了后悔药，就不会后悔吃了他的产品要给钱。伯特先生就是这样一步一步地掉入推销员的陷阱里。而现实生活中也有很多这样的陷阱。比如说有的商店挂出牌子说"跳楼大甩卖"，衣服的价钱上也标有原价与现在的价钱比较，人们看了就觉得便宜这么多，其实是一些商家故意把原价写高了，让顾客以为自己占了便宜。要知道做生意的肯定不会让自己吃亏，他们所说的一切其实都是为了让人购买自己的产品，为了获得更大的利益。所以一定要警惕生活中的推销陷阱，不要被一些小便宜给打动了。

赏析/韩文亮

一个盲人的手记

这种眼镜能像蝙蝠一样发出超声波，而且还能接收超声波的回声，所以载上它就可以"以听代看"了。

　　我是一个盲人，在盲人工厂工作。每天早晨，我就靠手里的拐杖，一边探路，一边小心翼翼地走路。

　　去年秋天的一个早晨，我刚出门，忽然听见一个男孩的声音："阿姨，你早！你在盲人工厂工作吧，我送你上班去！"从那天起，秦扶明这个小男孩天天来送我到工厂，从来没有间断过。

　　有一天我休息，秦扶明高兴地来告诉我："阿姨，那天我在电车上，听见两位医学院的伯伯聊天，他们正在研究给盲人用的眼镜。我请他们帮助你，今天就带你上他们那儿去配眼镜。"既然可爱的扶明这样说，我就跟他上医学院去了。医学院的王教授对我的眼睛、耳朵进行了检查，视神经全坏了，任何恢复视觉功能的希望都不存在；而我的耳朵却鼓膜完整，听觉反应灵敏。

　　过了一会儿，医学院的李教授给我的鼻梁上架上一副奇特的眼镜，它的眼镜脚不是架在耳朵上，而是贴紧在我耳朵后面靠近鼓膜的地方。

　　我试探着迈开脚步，小心地、缓慢地向前走了几步。耳朵里听到一些极为轻微的响声。再继续向前走，忽然感到声音有些异样，脚下碰到了一棵矮树，我马上被扶明搀住了。王教授说："老师傅，你记住，这是树木的回声。"又走了一段路，我感觉听到一种很清脆的声音，不觉停住了……渐渐我体会到了，不同的物体会给我一种不同的回声，而且我很快记住了各种不同物体的不同回声。我甚至能分辨大人与小孩的回声，小汽车与大卡车的回声，因此没有多久，我就能比较自由、比较大胆地往前走了。这种眼镜是科学家们从蝙蝠身上获得启示而制成的。它能像蝙蝠一样发出超声波，而且还能接收超声波的回声，所以戴上它就可以"以听代看"了。

回家时，扶明又说："阿姨，我送你回家吧！"我说："不用了，孩子，我不是已经有了这副奇特的眼镜了吗，我可以自己走回家去了。"

可是扶明坚持说我是第一次戴着这副眼镜，他还不大放心。等我戴熟悉了，就可以不再送我了。

文/鲁　克

爱是最明亮的眼睛

我们的生活中有很多像盲人阿姨那样不幸的人们，他们因为身体的疾病而失去了正常生活的能力，在工作、学习和生活中遇到许多困难。或者像盲人阿姨那样无法看到这个美丽的世界，或者不能在这片美丽的土地上正常行走，或者无法用自己的口说出自己内心的想法……他们需要我们的帮助，其实很多事情在我们看来是举手之劳，对他们来说却是一种奢望。表达我们的爱心，并不需要像小扶明那样天天送他们上班，给残疾人一个搀扶只需你付出一只手的力量，给他们一个公交车上的座位只需你付出多站一会儿的辛苦，爱护他们的专用设施只需你付出绕一点儿弯路的时间。

小男孩秦扶明给我们上了一堂关于爱的课，他像一个人间天使一样，用爱去关怀和照顾盲人阿姨，小小的男孩有如此博大的爱心，实在让人敬佩，让人感动。他的身上闪烁着爱的光芒和力量，他用行为告诉我们，爱本身就是一双最明亮的眼睛，只要有爱，生活就会多一片阳光。

赏析/阿　奇

第十辑　今夜无所不能

　　听我的话，在夜黑得让我们疲倦的时候，去洗个澡，扑上最香的爽身粉，换上最喜爱的睡衣，把自己放到床上。闭上眼睛，放轻呼吸。作业、考试、升学、未来、理想，先放枕头边去，等明天太阳出来了，我们再带上。现在，徐徐而来的清风、慢慢升起的月亮、清澈透明的空气，此外，你还想要什么呢？轻轻进入夜的心里，所有的梦乡都会分毫不差地给你……

相信有一天
科幻的梦
会在我们身边开出美丽的花

飞贼与捕快

要知道无论什么东西,在你还没能把它
掌握在手的时候,千万不要掉以轻心。

他们中间,有些选择在黑暗里隐藏,而这位,隐藏在阳光下。

在恒星 F0 的第五个行星上有充沛的阳光,人类把这个恒星叫做老人星,把第五行星叫做快乐希望星。尽管面对这个悲惨的星球没有理由快乐, 在这个星球上唯一的希望就是活下去。很显然,"快乐希望"是由以前到访过的一个探险队命名的。

尽管快乐希望星离老人星的平均距离达三十个天文单位, 但那日照量却是古老地球表面日照量的十六倍。

我和茉丽安娜是死对头。她是罪犯,而我是抓罪犯的人。

在这样的酷热中, 茉丽安娜不得不随时变幻自己的身形以便卸下盔甲。我呢,即使在快乐星球上外出的时候,也不得不穿上笨重的防热服来防护星球上炙热的阳光,我还是喜欢温暖的地方,但是这身防热服真的很笨重而且非常不舒服,很明显,它不是专为我设计的。

为了能抵御老人星球那可怕的光和热, 茉丽安娜一定精心调整了她的身体组织。我的头盔过滤器虽然减少了阳光直射的强度,但是阳光仍然很刺眼。当我穿着那套不合身的防热服笨拙地迈出大步时,她那双警惕的大眼睛一直盯着我。

"你逃得很机灵。"我对她说。她做出一副可怜兮兮的样子。

"你也很能追捕,"她说,"我知道你是谁,你是太空捕快詹森。"

"我也知道你是谁，你是茱丽安娜，一个太空江洋大盗。"

如果我能笑，听到这话我一定会咯咯笑出声来的。茱丽安娜真了得！她不问我"你为什么在这儿"或者"你要怎样才能让我离开"，她只有简单一句"你真够韧的"。

面对她那副冷若冰霜的样子，我说："找到你并不那么容易，你逃跑的时候很少留下痕迹。在猎户座我们较量了几个回合，我让你逃跑了，装死这招相当聪明。"

"显然还不够聪明。"她说。

玩笑式的口水战该收场了。我说："你知道我在找什么。"

"你在找科林提纳密码。"

"是的，你偷走的密码。这是我任务的一部分。"

"找回密码只是你任务的一部分，还有什么任务？"

"我的另外一个任务就是把你带回去。你是一个太过狡猾的贼，不能让你拥有自由。"

"谁雇你来抓我的？"

"居民星球联盟。"

"这些政客们雇佣你这个银河系最好的捕快来跟踪我并把我带回去，这一招并不聪明——派你来抓我，是在抬举我；如果你抓不到我，那是对我更大的恭维了。"

"最好的猎手抓最好的贼。"

"他们给你多少奖金？我加倍给你。"

"倘若我抓住你而又让你跑掉，那会有损我的声誉。不过我可以告诉你，这次的赏金比以前任何一次都多。"

"别跟我说什么你是一个诚实的太空捕快，本性难移！但是钱并不是你追捕我的唯一理由，不是吗？钱很重要，但是还有另外一个原因。"

"那会是什么？"

她冷冷地盯着我。

"你想证明你能抓住我这个无法被抓住的贼。没有人能抓住我，你想证明你能做到。"

"有人说你是最好的贼，谁都抓不住你；说我是最好的太空捕快。我怎么会放弃这个证明我比你强的机会呢？"

"你认为你已经证明了你比我强？"

"这不是显而易见的吗？我抓住你了,不是吗？"

"真的？你确定你抓住我了吗？"

茱丽安娜突然消失了。没有一丝光、一缕烟、一点儿动静,连遁逃前通常的身影淡化那一招都没有。前一秒她还在那儿,后一秒她就消失了。

她耍了我。她怎么能如此迅速地逃离呢?我苦苦思索,终于想到了她是怎么逃跑的。看来她有量子组解机! 她用这个机器从快乐希望星球分解消失,又瞬间在遥远的某处组合重现。

茱丽安娜一定在笑话我。当我以为自己赢了的时候偏偏却输了。我对自己发誓:我只输这一回! 游戏不会就此收场的。她太过于自信,她还会用同样的方法盗窃、逃跑的。她再这样干的时候,我得把她抓住。下一次,如果她试图用同样方式逃跑,我得为自己弄个机器,镇住她。

我回到安全的地下,脱下不舒服的防热服,边伸展八只长腿边叹息:"我们会再碰面的。下次逮到你,你就跑不掉了,飞贼茱丽安娜。"

文/[美]挪伦·哈斯

笑到最后的人,才是成功的人

中国古时候有个故事,说的是从前有一个人,拿着自己的矛和盾到市场上卖,他吹嘘说自己的矛是世间最锐利的,能刺破所有的盾,然后又吹嘘说自己的盾是世间最坚固的,能抵挡一切的矛。有人就问他,如果拿他的矛刺他的盾会怎么样。而文章中,当最好的太空捕快碰上最好的飞贼,又会怎么样呢?

"我"和茱丽安娜像猫抓老鼠一样,展开了一场追逐。"我"显然准备得不够充分,却又想急着证明自己是最好的太空捕快,能抓住最好的飞贼,却在最后关头功亏一篑。聪明的茱丽安娜谋划充分,运用先进的科技成果,成功地从"我"的眼皮底下逃脱了。"我"就是输在了太过急躁太过自信。自信是一件好事,它能使人勇敢向前,但是自信过了头,就变成了骄傲自大了。当一个人太过自信,被成功冲昏了头,就会导致失败,笑到最后的人才是成功的人。要知道无论什么东西,在你还没能把它掌握在手的时候,千万不要掉以轻心,以为自己已经成功了,却没想到成功已经"啪"的一声关上了大门。你也只能悔恨不已地眼睁睁看着自己本可掌控的东西溜走。

赏析/韩文亮

一颗神奇的糖

靠什么都不如靠自己,只有自己的努力是最可靠的。

小波马上就要小学毕业了,爸爸妈妈总是担心小波不能去好的中学读书。

"小波啊,数学模拟试卷第二十三套做完了吗?待会儿我检查。"

"小波,老师布置的那两篇作文写好了没有?"

"小波,这五首唐诗背给妈妈听听。"

......

哎!小波可烦了,什么时候才能完啊?爸爸妈妈总是一个劲地唠叨:现在要多多努力才有可能考上重点中学,上了重点中学,才有希望考上大学,上了大学才……

小波从小就是懂事听话的孩子,他也一直在为进重点中学读书而努力,可不知怎的,小波现在越发讨厌上学了。每天,老师都布置好多好多作业,写得手都酸了还写不完。自己已经有好几个月没有去过运动场,打一打心爱的篮球了……想着想着,小波觉得很困,趴在练习册上睡着了。

突然,小波感觉到有人在拍自己的后背。糟糕,一定是爸爸来了。想到这,小波猛地清醒过来。一个穿着绿色衣服、戴着头盔的大人出现在小波眼前。

"小朋友,来,叔叔给你一颗糖,吃了就不用为考试发愁了。去做你自己喜欢做的事情吧,再见!"说着,怪人就不见了踪影。一颗糖飞到小波手边,散发着柔柔的绿光。小波拿起来闻了闻,嘿,还有淡淡的清香呢!忽然,手心里的糖飘了起来,小波惊讶地张大了嘴,慢慢地,糖飞到小波嘴边,滑到小波肚里去了。小波急得不知道该怎么办才好。过了一会,他又觉得全身有说不出来的舒服。

小波想起奇怪叔叔说的话,"不用为考试发愁",它真有那么神奇吗?小波拿过一张数学试卷,一看题目脑海里就闪出清晰的思路。刷刷刷,小波一下子就把试卷做完了,一对答案,发现完全正确。小波高兴极了——那个奇怪叔叔真是个大"救星"啊!

第二天,学校举行考试。考试成绩出来后,老师们大跌眼镜,全班的同学都考了满分。教导主任查来查去,怎么也查不出有什么不对劲的地方:"怪了,难道这些孩子都复习得很好了?"

小波可不盲目地高兴,他和教导主任一样觉得不可思议。这天下课,他和同学们私下议论起来,原来大家都得到了奇怪叔叔给的神奇的糖。

"没准那就是鼎鼎大名的外星人,看,连外星人都觉得我们地球小孩读书太辛苦,特意来帮助我们呢!"后来,大家纷纷说爸爸妈妈的期望太高,没有这些神奇的糖,不少同学都不可能取得好成绩,而且现在就算把这件事情说给大人们听,他们也不会相信。听着大家的话,小波也动摇了,大家约定永远保守这个秘密。

从那以后,同学们再也不用在课间争分夺秒地埋头做作业了,大家高高兴兴地去操场上玩球、跳橡皮筋。因为拿了满分,回到家,小波还可以看看电视。就这样,大家快乐地度过了小学的最后一段时光。

在毕业考试中,大家都如愿以偿地考进了重点中学。

接着,小波和同学们又顺利地走过了高中。现在,小波在自己喜欢的大学学习物理专业。一切都太美好了,小波觉得自己好像在梦里一样,直到奇怪叔叔的再一次出现。

那天,小波像往常一样在实验室里做实验。奇怪叔叔悄悄地来到小波身边,把小波吓了一大跳。接着,小波激动地感谢起他来。奇怪叔叔却摆摆手说:"我当然不会白让你取得这么多的成绩,现在,我需要你给我回报了。"

小波惊讶地问:"什么回报?"

"把你老师的最新研究成果给我,这就是你给我的最好回报。将来,我会让你成为物理学界的名人。"

"可是,我们吃的那些糖并不是自愿的。"小波觉得事情非常严重。

"老实告诉你,我给你们吃的糖都是我们奥克星人专门研制的监测转换器。我们早就在打探地球的科技水平,可是一直没有机会。你和你的同学所学到的知识,我们奥克星人通过转换器都掌握了,甚至比你们学习得更好。你们这群小傻瓜,哪个星球上会有不劳而获的美事出现。不过,也正是因为你们的无知,我们才会掌握这么多地球上的知识,为我们将来进军地球提供方便。"

小波突然如梦初醒,原来这一切都是奥克星人精心安排的。小波想了想,说:"今天,老师把他的研究成果拿去申请专利了,三天后才能回来,等到他回来,我再想办法弄给你!"

奇怪叔叔得意地走了。

小波马上请来医学专家为自己和同学们清除了体内的监测转换器。奥克星人气得哇哇大叫,还想偷偷地潜入地球。不过,他们一来就碰到了地球护卫队的光子导弹。小波潜心于物理研究,他相信正义的力量,更加相信没有那颗神奇的糖,他也能凭自己的努力创造出更好的成绩。

文/黄吉玲

天下没有免费的午餐

　　天下的父母都望子成龙，盼女成凤，对子女寄托了极大的期望。而这种期望成为孩子们读书的压力与负担。学习压力大，作业多，辅导班忙……现在的孩子拥有的童年就是无休止的学习学习，童年的趣味和娱乐被淹没在应付升学考试中。于是，孩子们才会幻想有一颗神奇的糖，吃了以后就把所有的知识都学会了，就有时间去玩了。

　　在这篇文章中，我们听到了孩子们的心声，了解了他们想学习又怕学习的矛盾心理。

　　但是，学习压力只是文章特意安排的起因，这颗糖的出现就是为了解决孩子们的学习问题，同时也是外星人入侵地球的计划。作者由这颗神奇的糖引申出"天下没有免费的午餐"这个道理，才是整篇文章的高潮所在。世上没有不劳而获的美事，而且这事还是别有用心的外星人设下的圈套。幸好我们的主人公小波懂得应对，让奥克星人无功而返。

　　小波凭自己的努力创造出更好的成绩，其实也是告诉读者：靠什么都不如靠自己，只有自己的努力是最可靠的。

赏析/程　光

命　运

回到家中躺在床上,闭上眼,努力想忘记刚才的事,却又联想到自己的过去,和杰是多么相似啊……

　　"大长老,难道非得这样不可吗?"杰望着我,问道,"难道非得杀他不可吗?"

　　我看着杰,不禁想起当年的我,心里一阵悲痛。

　　"难道不能饶他一命吗?"杰带着恳求的语气问道。

　　"我知道他是你的哥哥,但他一定要受到惩罚。"

　　"可是,可是……"我挥挥手,打断了他的话,"你,不懂。"随着我一声令下,杰残酷地看到自己的哥哥身首异处,他大叫一声,晕了过去。看着杰的痛苦表情,和我当年是多么相似啊!我不禁回想起当年的事……

　　"大长老,难道真的没有挽回的余地了吗?"我看着刑场上的哥哥,不忍地问道。"难道擅闯禁地的人只有拿命赎罪吗?"大长老没有回答,但我感到他分明在躲避我的目光。"难道禁地中的秘密比人命还重要吗?"我继续问道,只希望大长老能够改变心意。"我求您,饶他一命吧!他也只是好奇,而且他什么都没看到……""不要说了",大长老打断我的话,"虽然我知道他是你的哥哥,但……哎,算了,你不懂。"

　　"可是……可是……"我还在做着最后的努力,盼大长老改变心意。

　　"时辰已到,斩!"大长老喊道,似乎丝毫没有在意我的话。

听到刑场下一片惊叫声，我知道什么都晚了，哥哥已经上了天堂。

好不容易回到现实中来，没想到自己也不得不这样做，不由感到一阵心酸。环顾四周，发现人们已经散去，我用力支起身子，蹒跚地回到家中。

回到家中躺在床上，闭上眼，努力想忘记刚才的事，却又联想到自己的过去，和杰是多么相似啊……

回到家中，我的心还是难以平静。二十余年的相处，哥哥说没就没了，而且死得也不明不白。我躺在床上，慢慢地昏睡过去……

在梦中，我又看到了哥哥，他嘴里含糊不清地说着什么。我冲上前去，想抓却抓不住他。我的泪水夺眶而出，隐隐约约只听到三个字："……去禁地……"

正在这时，侍卫突然急急忙忙地跑进来，道："大长老，我们又抓到了一个擅闯禁地的人。"

又有一个人闯进了禁地？我心中突然涌上一股悲痛。这不就代表着，我又必须为守卫那个秘密而结束一条生命吗。

"而且，而且……"侍卫欲言又止。

"而且什么？"

"而且那人不是别人，就是您的得意弟子，杰。"

是杰？看来是时候了。"把他给我带来，然后你们可以走了。"我吩咐道。

杰一脸的平静，好像将生死已置之度外了。我看着他，突然笑了一下，"如果你想知道所有的事，就跟我来。"

这句话显然出乎他的意料，他迟迟疑疑地跟着我，到了目的地。

"大长老，这……这不是禁地吗？"他不解地问。

"是啊，一切的秘密都在这里。"说完我便将手按在岩石壁上，开启了秘密通道的大门。

进门之后，他突然打了一个趔趄，双眼射出惊讶的目光。他看到的是一个连通着许多管道的庞然大物，这，是一台超级电脑。

杰愣了半天，才吐出一个字："这……"

我看着他，笑着说："你先不要激动，让我给你讲一个故事：数十年前，一位和你同样的年轻人的哥哥擅闯禁地，被大长老处以极刑。他和你一样，认为他哥哥不能白死，于是闯入了禁地。不幸的是，他被抓住了。当年的大长老也将他带到了这个地方,在他百感交集的情况下给他讲了一个故事。

"百余年前,我们生活的地方到处都住满了人,并不是像我们这样的部落。那时的人计以百亿。当然,你无法想象,因为现在已经没人用这个数量词了。人们的工作全都交给了会自行执行程序的工具——机器人。虽然人们的生活非常幸福,但死亡总是难以避免的难题。于是,几乎所有科学家都开始致力于研究长生不死的方法。"

"虽然这个研究在几百年内没什么进展,但终于有一天,一位科学家找到了方法。即是把人的思维'上传'至电脑,也就是你面前的这台机器,让人们生活在一个虚拟世界中。所谓虚拟世界,其实和真实世界没多大的区别,人仍然拥有一切感官。于是这超级电脑被发明出来了。"

"后来,想必你也猜得到,几乎所有的人都'上传'了。但之所以说'几乎',是因为有很少的一部分人留下了。为什么呢?是什么让他们放弃长生而留下呢?是人类的命运!你想想,在虚拟世界不可能取得任何的科学进展,所有的东西都被人们设定好,再也不可能超越如今的科技。这多么可怕啊!人类的进步永远停止,实际上等同于人类走向灭亡。于是,他们留了下来,可这寥寥数千人无法支撑起当时的科技,于是只能回到农耕时代。于是,我们开始一代代地延续,继承着先祖的遗志。"

"当时的年轻人心中的云雾顿时烟消云散,他终于意识到自己身上肩负的使命。没错,正如你所想,他挑起了这个重担,成为新一任的大长老。那人……就是我。"我继续说。

杰眼中的迷雾渐渐散去,发出了坚毅的光芒。他和当年的我一模一样。从他的眼中,我看到了人类的希望……

文/包 子

真正的永恒

生活总是惊人地相似,命运循环不息,文中"我"的得意弟子杰重复了"我"当年的悲剧:哥哥擅闯禁地被杀。"我"也像当年的大长老对我一样,告诉了杰禁地的秘密:那禁地就是电脑创造的一个虚拟的世界,在这里人类虽然获得了永恒的生命,但却永远不再有进步,实际上等同于人类走向灭亡。无奈地把发现这一秘密的人杀掉,其实就是在阻止人类走上毁灭的道路,这让杰也坚定了守护人类命运的决心。

其实获得永恒,没有改变,没有发展,一切都按照预先设好的生活,也就没有了激情,丧失了生活的意义。不能进步的人类,就像一摊停止流动的水,停滞,腐烂,发臭,最终变成一潭死水。所以文中那一小部分意识到永恒带来的灾难的人,拒绝了这种生活,为人类保存了重新发展的希望。因为他们知道,永恒不变的生活只会毁灭人类,即使科技倒退,只要还有激情,还有向往幸福的动力,还有创造生活、改善生活的活力和信心,就能重新振作起来,并最终获得超越性的发展。人类也才能生生不息地生存下来,延续生命,获得真正的永恒。

赏析/韩文亮

蓝月亮的故事

一百年后,蓝月亮再次现身之时,如果地球仍是现在这样满目疮痍的话,你们将全部灭亡,无一幸存。

"二七〇〇年十月一日!"这行冰冷的字映入了我的眼帘。

虽然我身处地下一千米,但地球表面那些粒子炮、激光枪所造成的轰轰声仍不断地撞击着我的耳膜。我记不清这是第几十次世界大战了,也记不清人们是从何时开始自相残杀的,我只知道,大气层已经乌烟瘴气了,地球表面已无法居住。出现在那儿的人都穿着连细菌都进入不了的防毒服。

"十月一日二十三点!"

现在地球表面应该是黑夜了吧。要是在七百年前,人类一定会摆上水果、月饼、瓜子等食品来赏月。而现在,人们是无法欣赏到月光的。早在五百年前,由于 A 国发射的十枚超级能量弹偏离了方向,导致月球从此在地球上空消失了——超级能量弹将月球炸得"片甲不留"。

虽然已近午夜,但战争的硝烟并无散去之意:A 国搬出了粒子炮,B 国拿出了离子导弹,人们幻想赢得战争、统治地球、征服宇宙。

"轰"的一声,一枚能量弹在 A 国防御工事前炸开了,A 国首领一看,竟是 B 国在偷袭自己。"来呀!把毁灭弹给我搬出来!"A 国首领一声令下,十枚毁灭弹发射出去了。不巧的是,这十枚毁灭弹偏离了方向,朝五百年前月球所在的位置飞去。"砰"的一声,毁灭弹好像撞击在什么物体上,爆炸了。与此同时,一道耀眼的蓝光划破天际,出现在地球上空。

"是月亮!一个蓝色月亮!"真的,多年未见的"月亮"又出现了,伴着月亮出现的还有一个巨大的屏幕,屏幕上有这样一段文字:

地球人,你们的道德沦丧和核战争给地球乃至整个宇宙造成了巨大的伤害。不过,念在你们过去对宇宙有功的分上,给你们一百年的时间让你们改过。一百年后,蓝月亮再次现身之时,如果地球仍是现在这样满目疮痍的话,你们将全部灭亡,无一幸存(我知道你们早已发明了"不老丸")。

——宇宙大联盟

不一会儿,屏幕和月亮便渐渐地隐去了。

一百年后,也就是二八〇〇年十月一日二十三点,蓝月亮又出现了,此时地球已变成了一个鸟语花香、绿树成荫的生态星球了,大气层也早已恢复正常。

地球上空又出现了一个蓝色的月亮，旁边的巨大屏幕上写着一段文字：

> 地球人，我们感到很欣慰，因为我们又看到了七百年前的地球。地球人，记住，保护环境就是保护你们自己！另外，我们决定送你们一个蓝月亮，这个月亮将有利于你们地球。
>
> ——宇宙大联盟

果真，这次隐去的只有文字，而蓝月亮却留下了。从此以后，人们便在红太阳和蓝月亮的陪伴下工作、生活、种树、栽花。

文/王　以

战争与和平

二十一世纪初，以色列和巴勒斯坦之间不断发生流血冲突事件，伊拉克的上空硝烟滚滚，很多国家都在紧张有序地进行反恐战争……如果这一切在数百年之后仍然持续发生，我们的地球将会面临什么样的困境呢？为什么天空中会出现蓝月亮，它的到来给我们人类带来了什么警示？

《蓝月亮的故事》不仅给我们描绘了一幅几百年后的地球的图景，更为我们讲述了一个战争与和平的故事。战争不仅使得地球"乌烟瘴气"、"满目疮痍"，人类更妄想通过战争来"统治地球、征服宇宙"！然而，俗语有云：多行不义必自毙。人类的恶行终于受到"宇宙联盟"的警告，蓝月亮的出现，一次是为了警告人类的行为，另一次则是保护人类及地球，其目的都是为了唤起人们对战争的反思和对环境保护的重视。在现实生活中，第一、二次世界大战已经给人类留下了难以忘怀的伤痛，历史的教训告诉我们：战争有悖于人类共同的利益，而和平才是全人类共同追求的梦想。

但愿我们人类可以和平共处,相互合作,把用于军事竞争的人力、财力、物力都转移到全世界的环境保护和全人类的福利事业上,那么我们历代人梦寐以求的"地球村"也许在不久的将来很快就会实现,人们在红太阳和蓝月亮的陪伴下工作、生活、种树、栽花的美好愿望也将会成为现实。

赏析/江伟栋

今夜无所不能

做事情也应该有博士这种孜孜不倦的追求精神,就算最后不一定能达到自己的目标,但我们可以离自己的目标更近。

天高地迥,宇宙无限。蜿蜒银河,横亘秋空。博士看了看手表:还有不到一小时。他环视着身后一望无际的联合国广场,上千名工作人员在通明灯火下来回奔波,作最后准备,无数的镜头正对准着广场上的大平台,一切宛如梦幻。

今夜。十年的努力,为的就是今夜。

博士吸着烟,对夜空徐徐呼出烟圈。他们会如何出现?他不知道。他们大抵会像电影"天煞"般,乘着像垃圾桶盖子的巨型飞碟降落吧。外星人嘛,也许像罗兹威尔那种一样,头大手大脚短小,碧绿的大眼透着慑人心魂的光芒……

"博士,都准备好了。现在就等你发表演说。"助手边跑边说。这助手头大身小，才大学毕业便已头发稀疏，样子怎么说也不算好。难得他跟随自己多年，由十年前收到外星人的讯号开始，十年以来，与自己一同孜孜不倦追寻外星人，终于，他们破解了讯号：外星人即将降落地球——就在今夜。

博士缓缓步向讲台，四周夹道的人群爆出热烈欢呼，掌声震天。他用力将烟一口吸尽，烟嘴在刹那间烧出通红火光，复又黯淡下去。博士看着周遭号叫着的人群，心里在冷笑着。人生嘛，不也和香烟的火光一样？蜉蝣天地，沧海一粟，生命转瞬即逝。真个可怜的人类！

但我是与别人不同的！博士狠狠低声说着。他早就感觉到了。要不然为什么在十年前夜观天文之际，无端发现了外星传来的讯号？为什么别的科学家破解不了的讯号，他仅花三个月便解读了？难道自己比别人聪明？就这样！

不！我是不同的！博士在心里大声喊叫。他一步步踏上阶梯，炫目的灯光照得他全身发白。我对外星人有特别感应！我就是外星人！他们是来接我的！外星人是来接我回去的！

博士一把抓起麦克风，在雷动掌声中开始演说。他诉说着过去研究的种种艰辛，如何破解外星人传来的讯号，自己怎样将讯号传回，及至怎样知道外星人将在此时此地降落，浑然忘我。全球的焦点正集中在他身上，博士吐出的一字一句，似是虚幻，却又似梦非梦。

终于，演说进入尾声。博士按着胸口，一颗心剧烈震动，仿佛要从胸口里跳出来。他以沙哑的声音说着：

"各位，在宇宙另一端的友好生命，即将在我们眼前出现！此时！此地！历史性的一刻！"人群声震屋瓦，来回激荡。"然而，在这以前，我将告诉各位另一个重大秘密。你们可能会无法接受，甚至觉得无稽……"

人群开始安静下来，空气仿佛被凝固着。博士深吸一口气，准备说下去。倏地广场的灯光忽地暗了下来。每个人把眼睛和嘴巴张得大大的，翘首朝上方望去。博士也仰首看着——

犹如垃圾桶盖子的超巨型太空船浮于空中，将夜空完全遮盖。从宇宙船射出的万道灯光，将广场每个人的脸庞照得阵青阵红。

博士目瞪口呆，一切如他所料，但他自知在回去前必须将演说完成。这时助手来到他身旁，向他说道："博士……"

接下来助手的话已听不清楚。博士只感到一束柔和白光自太空船腹吐出，将他整个包在光海里。他张开双臂，眯着眼，准备与同类会面，准备回到外太空遥远的故乡。他听到助手最后的一句话说："……谢谢。"

倏地博士与助手的距离迅速拉远。博士惊恐地张大嘴巴，看着助手在光栅里缓缓上升——太空船竟是来迎接他的？难道助手才是外星人？博士忽然明白了一切。他猛地想起，十年前发现外星讯号的晚上，正好是聘用他为助手的同一天……还有破解信息时助手那奇异的眼神……那常常无故对着星夜自言自语的晚上……他早该知道一切……

助手浮于半空中，向博士投以一个抱歉的微笑。他们在刹那间交换了心意，一切恍然大悟。博士跌坐地上，报以一个惨淡而无力的笑容。光束隐去，宇宙船传出隆隆低鸣，迅即化为夜空中一个光点，消失无踪。

文/萧志勇

做一个有所追求的人

这个故事的结尾是大家都想不到的，博士用了十年的时间去寻找外星人，甚至最后还以为自己就是外星人了，可是当飞碟来的时候，才知道其实真正的外星人却是一直跟随自己默默工作的助手。为什么会这样呢？为什么他的助手明明自己就是外星人，却从来不对博士说呢？为什么还要跟着博士进行工作呢？这名助手肯定能比博士更容易找到外星人的，故事虽然没有说他为什么这样做，但我们可以想象得到他是被博士这种不断追求的精神所感动，才愿意这样默默无闻地帮助博士工作的。

博士虽然最后并不能证明自己就是一名外星人，但他却是地球上离外星人最近的那个人，因为外星人一直都陪在他的身边，而且他的那种不断追求的精神也深深地感动了这名

最后的猎人

两个本来想把狮子和老虎当做猎物的
猎人，做了动物守护员，成为"最后的猎人"。

西城仓库的墙角边坐着两个奇怪的人。一个戴着中世纪的高帽，身上穿着二十世纪时兴的牛仔服，腰里别着一把破旧的别克腰刀。另一个头发又密又长，清秀的脸上长着一大把络腮胡，嘴角微微向上翘起，显得很滑稽。

两人都吸着烟，悠闲地吐着烟圈——这种污染物政府几千年前就禁止生产了。这时，络腮胡对高帽说："我听说玛雅图星还留着不少猎物。"他正了正身，随手摸了摸腰上的一袋子弹，"听说那些可都是真货。"

"是啊，三百年前留下的，不过你可不能打它们的主意。动物协会好像得到了什么消息，昨天就派了三艘军船的人到玛雅图去了。"高帽说完，捡起一支猎枪给络腮胡，自己捡起另一支双筒枪。

这时，一个智能巡查机器人走了过来。它恭敬地鞠躬，然后用标准的电子音说道："先生们，请停止吸烟，并接受罚款——宇宙币三十元。"

"笨蛋，你难道认为我们有钱吗？"络腮胡拿起猎枪毁了机器人芯片。四周的报警器随即响了起来。后面追来了十个防爆机器人。两人跳过一道铁护栏，转到一个拐角。

络腮胡问："老兄，左边那六个归我，其余的归你好不好？"高帽笑了笑，用四堆机器废铁做了回答。络腮胡把剩下的半截雪茄掐灭，放进口袋，不慌不忙地解决掉剩下的机器人。两人尽量走那些没有监控防护栏的道路，总算摆脱了机器人。

"快看，我们已经到了飞船基地。"络腮胡嚷道。

两人猫着腰靠近了飞船。"去玛雅图星！"两人几乎同时喊出声来，然后飞快地钻进飞船。

这是一架无人驾驶飞船。络腮胡和高帽在飞船里四处看了看，然后坐在角落里抽雪茄。高帽先说："这飞船好像是去给那些狮子、老虎送吃的，不过，这么重要的事情，怎么能让无人驾驶飞船去办呢？"

"你这一说，倒提醒了我。嘿，我们不正好可以假扮驾驶员逃过检查吗？"

很快，飞船便来到了玛雅图星。进站后，一个中校检查了一番，并让络腮胡和高帽开动装有食物的储备舱进入保护区。

"啊，卖给玻利人，一只赚二十亿个宇宙币，这么多狮子、老虎，我们得赚多少钱啊！"络腮胡兴奋地说，"那我们比前几天被枪杀的那个宇宙最富有的人还有钱了！"

就在他们准备行动时，枪炮声响了起来。他们躲到岩坡下才看清，原来强盗也来抢猎物了。二十几个强盗与两百个卫兵正激战着。

络腮胡问："你说我们帮谁？"

"那还用说，当然帮政府了，我可不想跟强盗一起分享猎物。"高帽往枪膛里装子弹。

强盗还没明白过来怎么回事，就已经死的死、伤的伤了。不过这样一来，络腮胡和高帽就有麻烦了——卫兵把他们围了个严严实实。

"没错，我们是猎人！"高帽大声说道。卫兵们面面相觑，要知道，政府几百年前就宣布这个职业为非法职业，进行了严厉地打击，而且大部分动物都已经灭绝了，所以猎人几乎销声匿迹了。现在突然冒出两个猎人，卫兵们惊讶不已。

考虑到络腮胡和高帽刚才帮助政府打击强盗、保护动物，也算是立了大功,中校立即向总部请示如何处置他们。

络腮胡和高帽"如愿以偿"地带走了狮子和老虎,只不过,他们是在卫兵的护送下将动物送到基努星的保护区,因为动物繁殖得太快,玛雅图星已经住不下了。络腮胡和高帽成为基努星的动物守护员。嗨,谁让他们这么了解动物的生活习性呢!

猎人,终于彻底地从宇宙中消失了。

文/张 扬

保护野生动物

二十一世纪,是一个经济和科学都迅速发展的时代,而人类文明的发展是以牺牲环境和其他生物为代价繁荣起来的。为了建造住宅,人们破坏了环境,砍树填湖,破坏了动物的生存环境;为了满足自己的口腹之欲,为了得到做时装的毛皮,人们又不顾一切地捕捉野生动物。人类破坏了生态平衡,而生态失衡又会反过来制约人类的发展。前几年爆发的"非典"应该是那些野生动物发出的最有力的抗议了,它为我们敲醒了警钟。

动物是我们生活在地球上的同伴,是和我们相互依存着的。据有关资料表明,全世界的野生动物正在以每天一种的速度灭绝着。这是一个多么惊人的数据啊,它告诉我们要走可持续发展的道路。如果再不行动,再不好好保护动物,我们的子孙就只能在历史的资料里,看到老虎、狼、田鼠、娃娃鱼和其他生物了。文章里的政府懂得了保护动物的重要性,特地开辟了养殖动物的保护区,就像我们现在的动物保护区一样。保护动物和它们的生活环境刻不容缓。

而两个本来想把狮子和老虎当做猎物的猎人,做了动物守护员,成为"最后的猎人"。希望我们也一样,不再有猎杀野生动物的猎人了。

赏析/陈 雄